Von Jackie Collins
sind als Heyne-Taschenbücher erschienen:

*Die Stute* · Band 01/5492
*Die Welt ist voll von liebeshungrigen Frauen* · Band 01/5713
*Die Welt ist voll von liebeshungrigen Männern* · Band 01/5807
*Ekstasen* · Band 01/5956
*Das Luder* · Band 01/6041
*Die Sünderinnen* · Band 01/6352
*Lady Boss* · Band 01/6659
*Die Frauen von Hollywood* · Band 01/6904
*Lucky Boss* · Band 01/7706

JACKIE COLLINS

# SEX IST IHRE WAFFE

*Roman*

Deutsche Erstveröffentlichung

WILHELM HEYNE VERLAG
MÜNCHEN

HEYNE ALLGEMEINE REIHE
Nr. 01/5869

Titel der englischen Originalausgabe
LOVEHEAD
Deutsche Übersetzung von Anita Otto

12. Auflage


Printed in Germany 1994
Umschlagfoto: Artreference, Frankfurt
Umschlaggestaltung: Atelier Heinrichs & Schütz, München
Gesamtherstellung: Elsnerdruck, Berlin

ISBN 3-453-01367-0

# 1

»Es macht nichts, wenn du nichts anderes kannst. Es macht nichts, wenn du deine Einkünfte, dein Zuhause, deinen Besitz verlierst. Pfeif drauf! Gewinn deine Selbstachtung zurück und laß alles hinter dir! Als Prostituierte bist du ein Nichts, ein Werkzeug der Männer. Scher dich nicht um deine Zuhälter, deine Bosse. *Wir* werden dir helfen. *Wir* werden dich wieder auf die Beine stellen, und dein altes Leben wird dir wie ein böser Traum vorkommen.«

Margaret Lawrence Brown hatte eine Viertelstunde lang gesprochen. Nun machte sie eine kurze Pause und nahm einen kleinen Schluck Wasser aus einem Glas, das man ihr auf das behelfsmäßige Pult hinaufreichte. Eine erfreulich große Menge hatte sich im Central Park angesammelt, um ihr zuzuhören. Immer mehr Leute waren hinzugekommen, hauptsächlich Frauen, vereinzelt waren auch Männer darunter. Margaret sprach mit kräftiger Stimme. Sie sprach sehr flüssig und mußte nicht nach Worten suchen. Ihre Botschaft war klar vernehmlich.

Sie war eine hochgewachsene Frau von etwa dreißig Jahren. Ungeschminkt, kräftiges, strahlendes Gesicht, lange, schwarze Haare. Sie trug Jeans, Stiefel und Perlenketten um den Hals. Eine Kultfigur in Amerika. Jeder hatte schon von ihr gehört.

Sie war eine unermüdliche Frauenrechtlerin und hatte schon manchen Sieg errungen. Immer wieder war sie auf dem Fernsehschirm zu sehen. Bereits drei Bücher hatte sie geschrieben und damit eine Menge Geld gemacht, aber sie hatte alles in ihre Organisation F. W. N. — Free Women Now — gesteckt.

Alle hatten gelacht, als sie sich der Sache der Prostituierten anzunehmen begann. Aber jetzt, nach drei Monaten, lachte niemand mehr, jetzt, nachdem Tausende von Frauen diesen Job aufgaben und Margaret folgten.

»Jetzt mußt du dich davon losmachen!« schrie Margaret.

»Jaaa!« schrien die Frauen zurück.

»Du wirst wieder leben!«

»Jaaa, jaaa!« schrien die Frauen voll Begeisterung im Chor.

»Du wirst *frei* sein . . .«

»Jaaa!«

Margaret stürzte zu Boden, aber die Menge stampfte und schrie weiter, um damit ihrer Zustimmung Ausdruck zu verleihen. Blut quoll aus einem kleinen, sauberen Loch ihres Kopfes.

Es dauerte Minuten, bevor die Menge begriff, was geschehen war, bevor Hysterie und Panik ausbrach.

Margaret Lawrence Brown war erschossen worden.

Man konnte sich dem Haus in Miami nur nähern, wenn man ein elektronisch kontrolliertes Tor passierte und sich dann von zwei uniformierten Wächtern, in deren Gürteln lässig Pistolen steckten, peinlich genau durchsuchen ließ.

Alio Marcusi passierte ohne Schwierigkeiten diese Kontrolle. Er war ein dicker, alter Mann mit wäßrigen, vom vielen Trinken aufgequollenen Augen und dem Gang einer trächtigen Katze.

Leise vor sich hinsummend, näherte er sich dem großen Haus. Er war in einen zu engen, graukarierten Anzug eingezwängt und schwitzte in der Hitze eines strahlenden, wolkenlosen Tages.

Auf sein Läuten öffnete ihm ein Mädchen, eine mürrische, klobige Italienerin, die nur schlecht Englisch sprach.

Sie wies mit einem Kopfnicken in Richtung Swimming-pool und sagte, daß Padrone Bassalino dort zu finden sei.

Er gab ihr einen Klaps aufs Hinterteil und machte sich dann zum Innenhof auf, der zu einem Swimming-pool olympischer Ausmaße führte.

Dort wurde er von Mary Ann August begrüßt, einem außerordentlich hübschen Mädchen, das sein blondes Haar auf altmodische Weise hochaufgetürmt trug. Ihr perfekter Körper war in einem knappen weißen Bikini zur Schau gestellt.

»Hi«, sagte sie kichernd und erhob sich von der Badematte. »Ich wollte mir eben was zu trinken machen, willst du auch was?« Aufreizend stand sie vor ihm und spielte mit der goldenen Kette, die zwischen ihren Riesenbrüsten hing.

Alio betrachtete sie und leckte sich in Vorfreude auf den sicher nicht allzu fernen Tag die Lippen, an dem Enzio ihrer überdrüssig sein und sie ihm überlassen würde — wie all die andern.

»Ja, ich möchte einen Bacardi mit viel Eis. Und dazu 'n bißchen Chips, Nüsse und 'n paar schwarze Oliven.« Mitleidvoll strich er sich über seinen dicken Bauch. »Bin heute nicht zum Essen gekommen, hatte zuviel zu tun. Wo ist Enzio?«

Mary Ann wies in den weiten Garten hinaus. »Er ist irgendwo dort draußen und beschneidet die Rosen.«

»Ach ja, seine Rosen.« Instinktiv warf er einen Blick zurück aufs Haus, und er war ganz sicher, daß Rose Bassalino dort hinter den Vorhängen stand und durch einen Spalt hinausspähte.

Rose, Enzios Frau. Sie hatte ihr Zimmer seit fünfzehn Jahren nicht mehr verlassen, und die einzigen Menschen, mit denen sie sprach, waren ihre drei Söhne. Unentwegt war sie am Fenster auf ihrem Späherposten, wartete und beobachtete.

Mary Ann schwänzelte zur Bar hinüber und machte sich daran, die Drinks zu mischen. Sie war neunzehn und lebte seit sechs Monaten mit Enzio zusammen – wahrlich ein Rekord.

Alio sank in einen Sessel und schloß langsam die Augen. War das ein anstrengender Tag gewesen ...

»Hey, ciao, Freund Alio, mein Junge, wie geht's?«

Alio schreckte aus dem Schlaf und sprang schuldbewußt auf.

Enzio blickte von oben auf ihn herab – er war neunundsechzig Jahre alt, hatte aber den straffen, gebräunten Körper eines halb so jungen Mannes, scharfe, weiße Zähne, ein gegerbtes, kräftiges, von Furchen durchzogenes Gesicht, auf dem Kopf wuchs dichtes, stahlgraues Haar.

»Gut, Enzio, mir geht's wirklich gut.« Sie begrüßten sich händeschüttelnd, klopften sich auf die Schulter. Sie waren Cousins, und alles, was Alio besaß, verdankte er Enzio.

»Möchtest du was trinken, Darling?« erkundigte sich Ann, drängte sich an Enzios Rücken und rieb ihren Körper an dem seinen.

»Nein«, fertigte er sie kurz ab, »geh ins Haus. Ich läute, wenn ich dich brauche.«

Mary Ann widersprach nicht und ging sofort. Das war vielleicht der Grund, warum er es mit ihr länger aushielt als mit den anderen.

»Also?«

»Es ist erledigt«, erwiderte Alio, »ich hab's mit eigenen Augen gesehen. Ein Meisterstück, einer von Tonys Leuten. War von der Bildfläche verschwunden, noch bevor jemand wußte, was geschehen war. Ich komme direkt von dort.«

Enzio nickte nachdenklich. »Es gibt kein besseres Gefühl für einen Mann als einen gelungenen Schuß. Gib diesem Jungen einen Extra-Tausender und behalte ihn im Auge. So einen Mann könnte man befördern. Eine Hinrichtung in aller Öffentlichkeit ist keine leichte Sache.«

»Nein, wirklich nicht«, pflichtete Alio ihm an einer schwarzen Olive lutschend bei.

»Sie muß dreißig sein«, zischte eine der beiden Frauen.

»Ganz sicher ist sie das schon«, zischte die andere zurück.

Zwei aufgetakelte Frauen mittleren Alters — die Fältchen und Linien im Gesicht verrieten ihr Alter — beobachteten Lara Crichton, die gerade dem Marbella-Club-Pool entstieg. Ein makellos schönes Mädchen von sechsundzwanzig Jahren, schlank, sonnengebräunt, mit weichen, sinnlichen Brüsten und einer von der Sonne gebleichten Mähne, die offensichtlich nur sehr reiche Leute zu kultivieren imstande sind.

Sie legte sich neben Prinz Alfa Masserini auf eine Matte und seufzte laut. »Ich finde es allmählich langweilig hier, Darling, können wir nicht mal anderswohin gehen?«

Prinz Alfa setzte sich ruckartig auf. »Du langweilst dich?« fragte er. »Langweile *ich* dich? Wie kannst du dich langweilen, wenn du mit mir zusammen bist?«

Wieder seufzte Lara. Er begann ihr entsetzlich auf die Nerven zu gehen. Aber wer sonst kam in Frage? Lara gab niemals jemandem den Laufpaß, bevor sie nicht einen ernsthaften Nachfolger gefunden hatte. Die meisten greifbaren Prinzen und Herzöge hatte sie bereits durchgemacht, auch ein paar Filmschauspieler und ein oder zwei Lords. Es war wirklich mühsam, wenn man sich einen solchen hohen Standard gesetzt hatte.

»Ich verstehe dich nicht, Lara«, fuhr Prinz Alfa vorwurfsvoll fort, »noch nie hat sich eine Frau bei mir beklagt, daß sie sich mit mir langweilt. Ich bin kein langweiliger Mann, ich bin energiegeladen, vital, ich bin — wie sagst du doch gleich immer? — eine der Stützen der Gesellschaft.«

Lara seufzte noch tiefer. Sie hatte bemerkt, wie sein Penis unter den knappen, weißen Cerrutti-Seidenshorts anschwoll, während er sprach.

»O Gott, halt doch deine Klappe«, murmelte sie kaum hörbar. Sex mit ihm ging ihr am allermeisten auf die Nerven. Alles war so vorhersehbar, so abgenutzt, so mechanisch.

»Komm!« Stolz, sich seiner Erektion bewußt, zog Prinz Alfa sie auf die Beine. »Zuerst wollen wir uns ein wenig zur Ruhe begeben«, sagte er augenzwinkernd, »und dann machen wir mit dem Ferrari eine kleine Tour in die Berge und mischen uns ein wenig unters Landvolk.«

»Na gut.« Widerstrebend ließ sich Lara hochziehen. Alle Augen folgten ihnen, als sie gingen.

Sie hatten getrennte Suiten, aber es war abgemacht, daß alle sexuellen Aktivitäten in ihrem Zimmer stattfanden. Dort angekommen, ließ sie ihn nicht hinein.

»Was ist denn los?« protestierte er, »er steht gerade so gut, sogar sehr gut.«

»Heb's für später auf«, sagte Lara mit sanfter Stimme, sie hoffte jedenfalls, daß es freundlich klang. »Ich leg mich jetzt ein wenig hin und ruf dich an, wenn ich wieder wach bin.« Trotz seines Protestes schloß sie die Tür.

Sie empfand eine innere Unruhe, fühlte sich wie blokkiert — Gefühle, die sie oft gehabt hatte, als sie noch mit Michael Crichton verheiratet gewesen war. Die Scheidung hatte diese Gefühle beseitigt. Was nun?

Das Telefon läutete. Sie hob ab und meldete sich mit energischer Stimme, fest entschlossen, Alfa mit aller Entschiedenheit abzuwimmeln. Aber es war ein Anruf aus New York.

»Hallo?« Lara war neugierig zu erfahren, wer überhaupt von ihrem Aufenthalt hier wußte.

»Lara? Lara, bist du's? Die Verbindung ist so schlecht.«

»Wer spricht denn?«

»Lara, kannst du mich hören? Hier ist Cass. Etwas Schreckliches ist passiert. Margaret ist erschossen worden. Sie haben Margaret erschossen.«

## 2

Margaret Lawrence Brown wurde schleunigst ins nächste Krankenhaus gebracht. Sie lebte noch, aber es stand sehr schlecht um sie. Ihre treuen Anhängerinnen standen in dichten, schweigsamen Gruppen zusammen.

Nur ihre engsten Freundinnen durften ins Krankenhaus hinein, und dort warteten sie mit soviel Hoffnung, wie sie nur aufbringen konnten. Es gab keine Tränen, Margaret hätte das gehaßt. Cass Long und Rio waren wohl diejenigen Frauen, die ihr am nächsten standen.

Cass war ihre Sekretärin, Vertraute, Organisatorin und Beschützerin. Sie hatten gemeinsam das College besucht.

Rio Java war Margarets berühmteste Stütze und eine sehr gute Freundin. Sie war Star des Underground-Films, Mutter von vier Kindern, hatte keinen Ehemann und noch nicht mal einen ständigen Begleiter; sie hatte die F.W.N.-Organisation mitbegründet und unterstützte sie tatkräftig.

Sie warteten vor dem Behandlungsraum der Notaufnahme. Ein Arzt hatte ihnen soeben gesagt, daß eine Bluttransfusion vorgenommen werde.

»Wo ist Dukey?« fragte Rio.

»Er ist auf dem Weg hierher«, antwortete Cass mit bleichem Gesicht.

Schweigend beobachteten sie, wie noch mehr Ärzte erschienen und hinter der Tür verschwanden.

»Kann ich sie sehen?« bat Cass, als erneut ein Arzt auftauchte.

»Sind Sie eine Verwandte?« fragte er freundlich, da er Cass' blutgetränktes Kleid bemerkte. Sie hatte Margarets Kopf auf ihren Schoß gebettet, bis der Krankenwagen eingetroffen war.

»Ja«, log Cass.

Der Arzt nahm ihren Arm. »Es ist kein schöner Anblick.«

Cass biß sich auf die Lippen, um ruhig zu bleiben.

»Also, wenn Sie eine Verwandte sind . . . Es ist natürlich gegen die Vorschriften, aber — nun gut, kommen Sie.«

Rio nickte Cass zu, sie solle mitgehen, und Cass folgte dem Arzt in den Raum.

Sie taten alles nur erdenklich Mögliche. Mit Hilfe zweier Schläuche wurde die erste Bluttransfusion vorgenommen. Ein weiterer Schlauch war in ihre Nase eingeführt, ein Arzt machte Herzmassage.

»Es gibt nicht viel Hoffnung, nicht wahr?« fragte Cass direkt. Der Arzt schüttelte den Kopf und führte sie ruhig hinaus.

»Mein Gott, wer kann das getan haben?« Von dem Moment an, in dem Margaret zu Boden gestürzt war, hatte sie sich unaufhörlich diese Frage gestellt.

Im Geist war sie alle Möglichkeiten durchgegangen. Margaret hatte viele Feinde, viele Leute beneideten sie, viele mißgönnten ihr die Stellung, die sie einnahm, viele beneideten sie, daß sie immer noch jung und ausgesprochen attraktiv war, viele verübelten ihr, wofür sie sich einsetzte. Sie hatte auch Neider, weil sie genau so lebte, wie es ihr beliebte, und sich nicht im geringsten um die Kritiken und den Klatsch, der über sie verbreitet wurde, scherte. Der Mann, mit dem sie zur Zeit lebte, war Dukey K. Williams, ein schwarzer Soul-Sänger mit einer zweifelhaften und kriminellen Vergangenheit.

Cass mochte ihn nicht. Sie hatte das Gefühl, daß er Margaret ausnutzte.

Cass wußte von all den haßerfüllten Briefen, die Margaret erhielt. ›Negerflittchen‹ und ›Hure‹ wurde sie genannt. Es waren auch Morddrohungen darunter.

›Lawrence Brown, ich habe dich neulich abends in der *Johnny Carson Show* gesehen. Ich hasse dich, du siehst wie eine Ratte aus. Ich wünsche mir, daß du tot umfällst. Vielleicht werde ich dich selbst umlegen.‹

Solche Briefe trafen fast täglich ein, und sie waren bereits so daran gewöhnt, daß sie sie fast augenblicklich wieder vergaßen. Nur die telefonischen Drohungen versetzten Cass in Angst, diese verstellten und gedämpften Stimmen, die Margaret davor warnten, ihre Finger in gewisse Dinge zu stecken. Kürzlich bekam sie einen Drohanruf, weil sie sich der Sache der Prostituierten angenommen hatte. So viele Dirnen waren Margaret gefolgt, daß die Zuhälter, Bordellmütter und die Bosse, die alle Fäden in der Hand hielten, plötzlich unruhig wurden. Es war eine unmögliche Situation entstanden: Prostituierte waren knapp geworden, und jedes Mal nach einer von Margarets Reden unter freiem Himmel verschwanden über Nacht noch einige hundert mehr. Die Tatsache, daß F. W. N. ihnen nicht nur Worte, sondern konkrete Hilfe für einen neuen Start anbot, trieb sie an. Die Organisation vermittelte ihnen Arbeitsplätze, verschaffte ihnen Unterkünfte und sogar Geld, wenn es dringend nötig war.

Margaret hatte viele Drohungen erhalten, ihre Finger von der ›großen Nuttenrevolution‹ zu lassen, wie *New Month Magazine* diese Bewegung bezeichnete. Die Zeitschrift hatte sie kürzlich als Titelfoto abgebildet und eine sechs Seiten lange Story über sie gebracht.

Er mußte sich regelrecht zum Eingang des Krankenhauses durchkämpfen, überall stieß er auf Polizisten, Presse- und Fernsehleute.

Dukey, der von seinem Manager und seinem Pressemann begleitet wurde, verweigerte jeglichen Kommentar. Er bahnte sich einen Weg durch die Menge, wurde aber schließlich von einem Sicherheitsbeamten aufgehalten, der ihm den Zutritt zum Lift verwehren wollte.

»Du mein Gott«, sagte Dukey, »schafft mir diesen Typen aus dem Weg, oder ich mache Kleinholz aus ihm.«

Der Polizist musterte ihn mißtrauisch, und seine Hand zuckte nervös in Richtung Revolver.

»Beruhige dich, Dukey«, sagte sein Manager schnell, »die Polypen sind zu Margarets Schutz da. Cass muß irgendwo dort oben sein.«

Schließlich wurde nach Cass geschickt, und der Polizist ließ ihn endlich passieren.

»Wie ist es geschehen?« fragte Dukey hastig. »Haben sie jemanden festgenommen? Wird sie's schaffen?«

»Sie wissen es offensichtlich nicht«, sagte Cass ruhig, »es sieht jedenfalls nicht gut aus.«

Rio war ihnen an den Lift entgegengekommen. »Nichts mehr zu machen«, sagte sie kurz, »Margaret ist eben gestorben.«

## 3

Enzio Bassalino war ein großer, mächtiger Mann, und es amüsierte Mary Ann August jedes Mal, wenn ihn die Lust packte, selbst zu kochen. Dann pflegte er alle aus der Küche zu werfen, sich eine Schürze umzubinden, und dann ging er daran, Spaghetti und Knoblauchbrot und eine spezielle Sauce ›à la Enzio‹ zuzubereiten.

»Liebling, du siehst so komisch aus mit deiner Schürze«, flötete Mary Ann. Sie wurde in der Küche nur als Zuschauer geduldet. »Soll dir Little Mama nicht helfen?«

›Little Mama‹ — so wurde sie von Enzio genannt. Sie wußte nicht, daß er so auch all die andern Mädchen vor ihr genannt hatte.

»Nein«, Enzio schüttelte den Kopf, »du holst mir noch ein bißchen *vino*.«

Mary Ann gehorchte, ließ sich auf dem Küchentisch nieder und ließ ihre langen Beine baumeln. Sie trug ein äußerst enges schwarzes Kleid mit sehr tiefem Ausschnitt. Enzio wählte ihre Garderobe aus, und es war immer der gleiche Stil. Er erlaubte ihr nicht, Hosen oder Röcke zu tragen oder sich etwas salopper zu kleiden. Es machte ihr nichts aus. Wenn sie ihr jetziges Leben mit ihrem früheren verglich, so war es weitaus angenehmer, mit Enzio zusammen zu sein, und deshalb kam sie all seinen Wünschen entgegen. Schließlich und endlich war Enzio Bassalino ein berühmter Mann, und sie fand es aufregend und fühlte sich geschmeichelt, mit ihm zusammen zu sein.

»Probier mal!« Stolz ließ er sie von der dampfenden, stark gewürzten Sauce kosten.

Pflichtschuldig öffnete sie den Mund, rief dann aber gleich jammernd: »Autsch, Noonzi, das war aber heiß, du hast Little Mama den Mund verbrannt!«

Enzio lachte dröhnend. Er war heute in Feststimmung, heute abend würde er über alles lachen.

»Du bist gemein«, schmollte Mary Ann, »bist ganz gemein zu deinem kleinen Mädchen.«

»Du weißt ja gar nicht, was gemein ist«, sagte Enzio, tauchte seinen Finger in die kochende, heiße Sauce, leckte ihn ab, brummte zufrieden und fügte noch etwas Wein dazu. »Du bist ein nettes kleines Mädchen. Bleib so, dann bist du in Ordnung.«

Auf seine Art mochte er Mary Ann ganz gern. Sie war dümmer als die meisten Weiber, und sie stellte niemals Fragen. Sie war so gebaut, wie er es mochte, und war ihm immer zu Diensten. Nie gab es viel Ärger. Die übliche

Routine hing ihm nämlich zum Hals raus: Sie ziehen bei dir ein, und bereits nach ein paar Wochen glauben sie dich zu besitzen. Sie stellen Fragen, werden neugierig und jammern sogar manchmal über Kopfschmerzen, wenn man mit ihnen schlafen will. Enzio war sehr stolz darauf, daß er es sogar jetzt noch, mit neunundsechzig Jahren, ein- oder zweimal in der Woche konnte. Gern, wenn auch etwas wehmütig, erinnerte er sich der Zeiten, als er es noch ein-, zweimal oder auch drei-, viermal pro Nacht geschafft hatte. Er war ein toller Mann gewesen!

Jetzt war es Sache seiner drei Söhne, die Bassalino-Tradition bei den Frauen fortzuführen. Und er hatte drei davon, drei prächtige junge Männer, auf die er mehr als stolz war. Sie waren sein Lebensinhalt. Durch sie würde der Name Bassalino weitergeführt werden. Und wenn er alt wurde, richtig alt, dann würden sie ihn beschützen, so wie er sie früher beschützt hatte.

Es war gut, daß sie nicht nach ihrer Mutter geraten waren. Enzios Meinung nach war sie verrückt. Stets hielt sie sich in ihrem Zimmer eingeschlossen, spionierte, spähte durchs Fenster und sprach nur mit ihren Söhnen, wenn diese sie besuchten. Fünfzehn Jahre lang hatte sie sich in ihr Zimmer zurückgezogen, fünfzehn Jahre lang versucht, Enzios Rücken zu brechen, gewartet, daß er sich dadurch schuldig fühlen würde.

Aber er weigerte sich. Sollte sie nur leiden. Was er in seinem Leben tat, war seine Sache; sie hatte kein Recht, sich einzumischen.

Wegen seiner Gewohnheit, jede nur einigermaßen annehmbare Frau zu beschlafen, die seinen Weg kreuzte, hatte man ihm zu seiner Blütezeit den Spitznamen ›Bulle‹ verpaßt. Manchmal war es etwas schwierig gewesen, eine Frau aufzutreiben, und einmal, als er sich mit der Frau eines Freundes, Vincent the Hog, amüsiert hatte, war er von einer Kugel verwundet worden — das erste und letzte

Mal. ›Genau ins Loch‹, erzählte man sich. ›Vincent the Hog erwischte die beiden in flagranti und schoß ihm genau ins Arschloch.‹

Glücklicherweise erzählte man sich die Geschichte nicht ganz wahrheitsgetreu. Vincent the Hog hatte auf ihn geschossen, das ist richtig, aber die Kugel war in der fleischigen Partie seines Hinterteils gelandet und hatte keinen wirklichen Schaden angerichtet. Enzio war aber darüber nicht entzückt gewesen, und Vincent the Hog wurde daraufhin von einer Reihe von Unglücksfällen heimgesucht, die damit begannen, daß sein Haus abbrannte und damit endeten, daß er — seine Beine in einen Betonblock eingelassen — gerade noch rechtzeitig aus dem Wasser gefischt werden konnte. Mit Enzio war nicht zu spaßen; er konnte es gar nicht gut vertragen, daß die Geschichte herumerzählt worden war, und man sich heimlich über ihn lustig gemacht hatte.

Kurze Zeit nach diesem Vorfall lernte er Rose Vacco Moran kennen und heiratete sie. Sie war die Tochter eines Freundes. Dünn, ein etwas hochmütiges Gesicht, die typische, madonnenhafte Zerbrechlichkeit eines jungen, unberührten italienischen Mädchens. Eine Riesenhochzeit fand statt, es wurde lange gefeiert. Sie trug ein weißes Spitzenkleid und Enzio einen glänzenden Frack, weiße Schuhe, Handschuhe, eine rote Nelke. Rose war achtzehn, Enzio dreiunddreißig.

Sie wurden ein populäres Paar. Rose streifte bald ihr ruhiges, durch eine behütete Erziehung geprägtes Wesen ab und paßte sich dem bewegteren Lebensstil ihres Mannes an. Sie wollte keine Hausfrau sein, sie wollte nicht zu Hause bleiben und sich nur mit Küche, Kindern und Kirche beschäftigen. Wie es sich gehörte, brachte sie ihren ersten Sohn zur Welt, aber er wurde der Pflege eines Kindermädchens überlassen. Sie verbrachte weiterhin ihre ganze Zeit außer Haus zusammen mit Enzio.

Er hatte nichts dagegen, im Grunde schmeichelte es ihm. Rose war eine schöne, intelligente Frau geworden, und Enzio wußte, daß man ihn sehr um sie beneidete. Während die anderen Männer ihre Frauen zu Hause ließen und ihre Freundinnen zu den Rennen, in die Bars und Clubs mitnahmen, brachte Enzio Rose mit. Sie wurde in den Kreis seiner Kumpel aufgenommen, wurde ihre Freundin und Vertraute.

Enzio wunderte sich oft selbst über sein Glück, eine solche Frau gefunden zu haben. Sie befriedigte ihn in jeder Hinsicht, und drei Jahre nach der Geburt des ersten Sohnes schenkte sie ihm einen zweiten Sohn.

Er hatte keine Geheimnisse vor ihr. Sie wußte alles über seine Geschäfte, Aktivitäten, und all die Jahre, in denen er immer erfolgreicher wurde, an Einfluß und Macht gewann, immer mehr Rivalen aus dem Rennen stieß, war sie zur Stelle, um ihm zu helfen. Öfters als einmal war sie an seiner Seite, wenn er seine Art von Gerechtigkeit jenen Leuten gegenüber angedeihen ließ, die ihn ausgetrickst hatten. ›Rose hat mehr Mumm in den Knochen als ein Mann‹, pflegte Alio jedem zu sagen, ›sie ist eine tolle Frau.‹

Sie hatte viele Bewunderer, und Enzio wußte das. Es erfüllte ihn mit Stolz, es war *seine* Frau.

Ihr dritter Sohn, Angelo, wurde geboren, und mit den beiden anderen, jetzt neun und zwölf, beschloß Rose, nun mehr zu Hause zu bleiben. Enzio war einverstanden. Sie würde ihn nicht mehr auf seinen kurzen Trips nach Chicago und an die Küste begleiten. Sie hatten ein wunderschönes Haus, und es war ganz in Ordnung, daß Rose mit den Kindern bleiben und es genießen sollte.

Sie versuchte ihn zu bewegen, daß sie ihren Freundeskreis erweiterten. Alle ihre bisherigen Freunde waren auf die eine oder andere Art in dunkle Geschäfte verwickelt, und Rose hatte plötzlich den Wunsch, sich mit anderen

Leuten zu umgeben. Ganz in der Nähe hatten ein Schauspieler und seine Frau ein Gut, und Rose begann sie herüber zu bitten. Als nächstes kam eine Bankiersfamilie, und dann die Cardwells, die gerade so eben zur High Society gehörten. Nach und nach umgab sich Rose mit neuen Leuten, und nach und nach verschwanden die alten Gesichter.

Enzio gefiel das nicht. Seine Geschäftsreisen wurden länger, er legte sich ein kleines Apartment zu. Und er legte sich einen Schwarm leichter Mädchen als Freundinnen zu. ›Dumme Gänse‹ nannte er sie. Er betete Rose noch immer an. Warum hatte sie sich so verändert?

Eines Abends kam er um Stunden eher nach Hause, als sie ihn erwartet hatte. Er wollte sie überraschen, es war die Woche ihres einundzwanzigsten Hochzeitstages. Er wollte mit ihr sprechen, in aller Ruhe. Er wollte ihr erklären, wie er sich fühlte. Er wollte ihre Vertrautheit zurück.

Mit ihren schwarzen Haaren, dem dunklen Teint, der Figur, die zwar gealtert war, aber immer noch eine sinnliche Ausstrahlung hatte, war Rose mit ihren neununddreißig Jahren immer noch eine äußerst attraktive Frau.

Sie begrüßte ihn kalt. Sie wollte sich scheiden lassen und Charles Cardwell heiraten. Sie hatte alles über das Apartment ihres Mannes und seine Flittchen herausbekommen. Sie wollte frei sein.

Voll Staunen hörte sich Enzio alles an. Charles Cardwell war sechsundzwanzig Jahre alt, ein Nichtsnutz ohne Geld.

Enzio blieb ganz ruhig. Ob sie mit ihm geschlafen habe, wollte er wissen. »Ja«, antwortete sie. Sie log niemals, sie fürchtete sich nie.

Enzio akzeptierte ihre Wünsche. Sie ging zu Bett. Enzio führte einige Telefongespräche, und etwas später in der Nacht wurde Charles Cardwell ins Haus gebracht.

Er war ein blasser junger Mann, offensichtlich war er durch seine Begleiter — vier von Enzios zuverlässigsten Leutnants — in Angst und Schrecken versetzt worden. Er lächelte Enzio kläglich an. »Hören Sie doch bitte . . .«, fing er an.

Enzio befahl den Männern, ihn zu knebeln und zu fesseln.

Sie trugen ihn in Roses Schlafzimmer hinauf. Sie schrak aus dem Schlaf hoch. Mit Entsetzen erkannte sie, in welch hilfloser Lage sich ihr Liebhaber befand. Ihre Augen glitten zu Enzio hinüber, sie schüttelte den Kopf. Sie kannte Enzios Rachedurst.

Er zog sie aus dem Bett hoch und hielt sie so, daß sie sich nicht rühren konnte, daß sie zusehen mußte. Und dann kamen die Messer zum Vorschein, und Charles Cardwell wurde vor ihren Augen abgeschlachtet.

## 4

Es war für Lara nicht leicht gewesen, sich von Prinz Alfa loszueisen. Sie waren seit sechs Monaten zusammen, und er war sehr besitzergreifend, mißtrauisch und eifersüchtig.

Als sie ihm sagte, daß sie unverzüglich nach New York aufbrechen müsse, war sein Verstand zu keiner anderen Schlußfolgerung fähig, als einen Nebenbuhler zu vermuten.

»Wer ist es? Was hat er dir zu bieten, was ich dir nicht geben kann?«

»Es geht um keinen Mann«, erklärte Lara geduldig, »es handelt sich um eine Familienangelegenheit.«

»Aber du hast doch keine Familie, du hast mir immer erzählt, daß du keine Familie mehr hast.«

Lara nickte. »Ja, ich weiß, aber ich habe entfernte Verwandte.« Sie machte eine kurze Pause. »Ich habe eine Stiefschwester, Beth, sie braucht mich.«

»Eine Stiefschwester«, höhnte Prinz Alfa, »wenn es dir in den Kram paßt, hast du plötzlich eine Stiefschwester. Ich weiß genau, daß ein Mann dahintersteckt, Lara, ich weiß es ...«

»Bitte, denk was du willst. Ich muß weg, daran ist nicht zu rütteln.«

»Ich komme mit.«

»Ich will nicht, daß du mitkommst.«

Sie stritten noch eine Weile, aber schließlich und endlich ging er. Lara packte ihre Koffer fertig und brach dann — fast mit einem Gefühl der Erleichterung, ihn los zu sein — zum Flughafen auf.

Lara Crichton bekam — wo sie auch auftauchte — erstklassigen Service. Sie war jung, schön, die Ex-Frau einer der reichsten Männer Londons, kurzum, sie gehörte zu einer bestimmten Kategorie von Leuten, die bei der Presse unter dem Begriff ›Beautiful People‹ liefen. Ständig war sie in allerlei schillernden Modezeitschriften abgebildet, wo sie als leuchtendes Beispiel echter Weiblichkeit hingestellt wurde, und verkörperte somit genau das, wogegen Margaret Brown kämpfte.

Aufzuspüren, daß sie Halbschwestern waren, einen gemeinsamen Vater hatten, aber von verschiedenen Müttern stammten, wäre ein journalistischer Knüller gewesen.

Jede hatte auf ihre Weise persönlichen Ruhm erlangt, und beide hatten sie ihre ganz eigenen Gründe, warum sie es nicht für nötig hielten, ihr Geheimnis preiszugeben. Sie waren in verschiedenen Ländern aufgewachsen, das Leben, das die eine führte, unterschied sich total von dem der anderen. Wenn sie sich gelegentlich trafen, war echte Wärme zwischen ihnen. Es war eine Art von Liebe, welche die Unterschiede zwischen ihnen aufhob. Sie verstanden einander und kritisierten nie den Lebensstil der anderen.

Ihr Vater, Jim Lawrence Brown, hatte keine der beiden

Mütter geheiratet. Margaret war fünf, als ihre Mutter starb.

Jim war fortgezogen und hatte das Kind mit nach Kalifornien genommen, wo er eine verheiratete Frau kennenlernte, deren Mann für ein Jahr außer Haus war. Er zog mit Margaret bei ihr ein, und schließlich wurde Lara geboren. Als ihr Ehemann zurückkehrte, gab sie Jim das Kind und fünftausend Dollar, damit er sich wieder aus dem Staub machte.

Von dem Geld kaufte er sich ein altes Auto mit einem Wohnwagen, der fortan ihr Heim war. Mit ihren fünf Jahren trug Margaret fast die völlige Verantwortung für Lara. Jim war kein schlechter Vater, aber er war immer wie in den Wolken, spielte Gitarre oder schlief. Sie gingen nach Arizona und blieben auf einer Farm, die einer Witwe, Mary Chaucer, gehörte.

Margaret kam in die Schule. Sie war ein sehr helles Kind, sehr weit entwickelt für ihr Alter.

Bald packte Jim die Unruhe. Viel zu lange schon war er an ein und demselben Ort geblieben, aber die Kinder hielten ihn fest. Vielleicht aus diesem Grund heiratete er Mary Chaucer. Sie war älter als Jim, eine rundliche, freundliche Person, und rückblickend konnte sich Margaret diese Heirat nur so erklären, daß ihr Vater ihr und Lara dadurch etwas Sicherheit geben wollte, denn er mußte seine Abreise beschlossen haben. Genau einen Monat nach der Hochzeit verschwand er.

Margaret war damals neun. Sie fand seinen Abschiedsbrief, es war der Brief eines Feiglings, voller Entschuldigungen — und fünfhundert Dollar.

Später brachte Mary Jims dritte Tochter, Beth, zur Welt, ein Kind, von dem er niemals etwas erfuhr.

Danach veränderte sich alles. Ohne einen Mann auf der Farm hatte niemand die Zügel so recht in der Hand, und es wurde nachlässig gearbeitet. Mary war müde und krank, das Baby hatte an ihren Kräften gezehrt. Das Geld wurde so knapp wie das einst so gewohnte Lächeln von Mary.

Margaret wurde ins Internat und Lara nach England zu Marys Verwandten geschickt. Sie sahen sich zehn Jahre lang nicht; Margaret besuchte nun ein College, und Lara arbeitete in London recht erfolgreich als Modell.

Beth war inzwischen zehn geworden und lebte mit Mary in einer kleinen Wohnung. Während Mary arbeitete, ging sie zur Schule.

Margaret hätte sie gern unterstützt, aber es war hart genug für sie, ihre eigene Ausbildung zu finanzieren. Und sie war fest entschlossen, diese Ausbildung zu machen.

Lara hatte bei einem Wettbewerb einer Zeitschrift gewonnen, und der Preis war eine Reise nach Hollywood. Mit ihren sechzehn Jahren war sie wirklich sehr hübsch, aber ihr Aussehen war natürlich noch nicht mit der Schönheit vergleichbar, die sie später erlangte. Sie war in England glücklich, und sie kam Margaret auch ziemlich englisch vor — ihr Akzent und alles andere. Sie verbrachten ein Wochenende zusammen, und gleich war die alte Vertrautheit ihrer Kindheit wieder zwischen ihnen.

Die Zeit verstrich, und sie gingen getrennter, sehr individueller Wege. Gelegentlich schrieben sie sich oder telefonierten miteinander. Aber sie mußten sich nicht unbedingt treffen, zwischen ihnen gab es eine tiefere Bindung, es gab Liebe und Sicherheit.

Beth war fünfzehn, als Mary an Krebs starb, und obwohl jede Schwester ihr vorschlug, bei ihr zu leben, zog sie ein unabhängigeres Leben vor und schloß sich mit ihrem Freund Max einer Hippie-Kommune an.

Margaret hatte nichts dagegen. Sie war bereits in ein Projekt für die Gleichstellung der Frauen eingestiegen. Ihr erstes Buch, *Frauen — das ungleiche Geschlecht,* stand vor der Veröffentlichung. Ihr Stern begann zu leuchten.

Lara lernte in London Michael Crichton kennen und heiratete ihn. Sein Vater war einer der reichsten Männer Europas und Michael sein einziger Erbe.

Die Ehe hielt ein Jahr, lange genug, daß Lara sich als eigene Persönlichkeit etablierte. *Women's Wear Daily* und *Vogue* gingen selten in Druck, ohne daß darin ein Foto von ihr abgedruckt war oder etwas darüber zu lesen stand, was sie trug, tat, oder mit wem sie gesehen worden war.

Daß man Margaret Lawrence Brown erschossen hatte, war die Schlagzeile des Tages, aber Lara Crichton war doch wichtig genug, daß die Fotografen zum Kennedy Airport hinaus schwärmten, um sie zu empfangen.

In einem Hosenanzug von Ives Saint Laurent und großem Hut posierte sie kurz vor ihnen, ihre kühlen grünen Augen hinter einer modischen Sonnenbrille mit riesigen Gläsern versteckt. Gucci-Armbänder baumelten um ihre Cartier-Uhr mit schwarzem Zifferblatt herum.

»Zu welchem Zweck sind Sie hier, Miß Crichton?« fragte ein Reporter neugierig.

»Geschäfte«, erwiderte Lara ohne ein Lächeln, »sehr persönliche Geschäfte.«

Eine Limousine stand für sie bereit. Sie ließ sich auf den Rücksitz nieder und entspannte sich. Während der Fahrt nach New York hinein stiegen in ihr Erinnerungen an ihr letztes Treffen mit Margaret auf. Sie war nur zwei Tage in New York gewesen, um ein paar Einkäufe zu erledigen. Wie gewöhnlich hatte Margaret sie zu sich eingeladen, und Lara hatte ihren Besuch zwischen dem Lunch im Pavillon und einer Haarentfernungsprozedur an den Beinen im Elizabeth Arden Salon eingebaut.

Margaret empfing sie in ihrer üblichen Aufmachung: Blue Jeans, ausgeblichenes Hemd, die ewig blaugetönte Brille für ihre Augen, langes, ungekämmtes Haar, ungeschminkt.

»T—t—t«, schnalzte Lara mißbilligend mit der Zunge,

»wenn du wolltest«, sagte sie, »würdest du hinreißend aussehen.«

Margaret hatte ihr voll ins Gesicht gelacht. »Ist dir eigentlich klar, wieviel Zeit du damit vergeudest, diesen Mist in dein Gesicht zu schmieren?«

»Ich bekomme einen leitenden Posten in einem großen Make-up-Konzern«, sagte Lara bestimmt, »dann werde ich dir eine Kiste mit Parfums, Lippenstiften, Lippengloss und alle möglichen anderen Sachen schicken.«

»Schmier's dir selber ins Gesicht!« hatte Margaret gelacht. Sie haßten es beide, wie der andere aussah, aber es war ein freundschaftlicher Haß.

»Also, was gibt's bei dir Neues?« Margaret hatte ihr einen Drink gemixt, und sie hatten sich mitten in dem Durcheinander, das in Margarets Apartment herrschte, niedergelassen. Lara sprudelte alles aus sich heraus. Das tat sie immer bei ihrer Schwester, es war besser, als zu einem Therapeuten zu gehen. Eine Stunde lang sprach sie über ihre Probleme. War Prinz Alfa der Richtige? Sollte sie einige ihrer Papiere verkaufen? Wie fand Margaret ihren neuen Smaragdring?

Langweiliges Geschwätz. Im Nachhinein mußte sich Lara richtig schütteln. Nie hatte sie sich wirklich danach erkundigt, wie es Margaret selbst ging, nie hatte sie sich darum gekümmert. Wie engstirnig mußte sie ihrer Schwester vorgekommen sein, wie selbstsüchtig und völlig verstrickt in ihre eigenen Probleme. Und doch hatte Margaret ihr immer geduldig zugehört, als ob sie jede Menge Zeit hätte.

Warum bloß fand man immer zu spät heraus, wie sehr man jemanden brauchte?

## 5

Beth Lawrence Brown kam per Zug nach New York. Es war das erste Mal, daß sie hier war. Tatsächlich war es das erste Mal, daß sie sich irgendwo außerhalb der Kommune aufhielt, die seit ihrem fünfzehnten Lebensjahr ihr Zuhause gewesen war. Jetzt, mit zwanzig, war sie ein hellhäutiges, blondes Mädchen mit dichten Haaren, die bis über die Taille herunterhingen. Sie schminkte sich nie, und ihr Gesicht mit den großen, blauen Augen und den sinnlichen Lippen wirkte fast kindlich.

Sie war wie sonst auch gekleidet, trug ein langes indisches Kleid, an manchen Stellen ausgebessert, an den nackten Füßen Riemensandalen und um den Hals viele dünne Lederschnüre, an denen handbemalte Perlen und andere Anhänger baumelten. Ganz fest am Hals, fast zu eng, saß eine dünne, goldene Kette mit einem goldenen Kreuz. In das Kreuz waren die Worte LIEBE — FRIEDEN — MARGARET eingraviert.

Die beiden Schwestern hatten einander sehr nahegestanden, nicht der Entfernung nach, sondern auf die gleiche Art, wie Lara und Margaret sich nahegestanden hatten — sie hatten immer ein starkes Zusammengehörigkeitsgefühl gehabt.

Beth trug eine weiche, große Tasche aus Ziegenleder bei sich, die ihre Habseligkeiten enthielt — eine Bürste, Blue Jeans, ein Hemd und viele Bücher. Besitztümer galten ihr nichts, ihre Leidenschaft war Lesen.

»Spendierst du mir einen Drink, Süße?« machte sich ein Betrunkener an sie heran. »Zieh dir dafür auch 'ne Nummer im Bett ab.«

Sie schenkte ihm keine Beachtung, in Gedanken versunken, ging sie an ihm vorbei. Margaret hätte sicher zu ihm gesagt: »Zieh deinen Schwanz ein und hau ab!« Und Lara: »Schrecklich, dieser Typ!«

Cass hatte ihr versprochen, jemand werde sie abholen kommen, sie solle bei der Auskunft warten. Aber der Zug war etwas zu früh eingetroffen, und da sie keine Lust hatte, herumzustehen, beschloß sie, sich auf eigene Faust zu Cass' Apartment aufzumachen.

Sie konnte einfach nicht glauben, was geschehen war, es ging ihr nicht in den Kopf, daß Margaret tot war. Sie war eine so herzensgute Person gewesen, so klug. Nun gut, sie war unnachgiebig, hart im Geben, aber auch im Nehmen gewesen. Jeder wußte, daß sie so gewesen war, aber wie anders hätte sie in diesem Dschungel überleben sollen, in dem sie sich zu arbeiten entschlossen hatte.

Beth hatte sie das letzte Mal vor sechs Monaten gesehen. Sie war damals mit Cass zusammen für ein paar Tage gekommen. Jeder in der Kommune mochte sie, alle freuten sich auf ihren Besuch. Sie brachte neue Bücher, neue Schallplatten und Spielzeug für die Kinder mit — gutes Spielzeug, nicht Ramsch. Im ganzen lebten zehn Kinder auf der Farm, die gemeinsam von den fünf Frauen und acht Männern der Kommune aufgezogen wurden. Eins davon war Beths Kind, ein kleines vierjähriges Mädchen.

Margaret arbeitete immer mit, wenn sie da war. Es war ihr gleich, wo sie mit anfaßte, ob sie nun die Böden schrubbte, beim Kochen half oder im Garten arbeitete. Sie sagte, daß sie sich dabei entspannte.

Bevor sie wegfuhr, hatten sie ein Fest mit viel lauter Musik und Hasch gefeiert, das Max aus Kalifornien mitgebracht hatte. Margaret war mit Clasher aufs Zimmer gegangen, weil er klein und häßlich und wohl am allerwenigsten ihr Geschmack war. Sex war eine sehr ungezwungene Sache; keine Bindungen, keine Eifersüchteleien, kein Zwang. Als Margaret am nächsten Morgen abreiste, hatte sie Beth die goldene Kette geschenkt, sie geküßt und ihr zugeflüstert: »Hast du ein Glück, du lebst hier wirklich großartig.«

Und Beth hatte gelächelt, ein breites, kindliches Lächeln, und ihr das Versprechen abgenommen, daß sie bald wiederkommen werde.

»Nach dem Sommer«, hatte Margaret gelobt.

Nun ging der Sommer eben zur Neige, und Beth war in New York. Sie wußte nicht, für wie lang, sie fühlte nur, daß sie jetzt hier sein mußte.

Enzio nahm das Gespräch in seinem Arbeitszimmer an. Er lächelte und nickte. Ganz klar, die Dinge nahmen wieder ihren normalen Lauf. Er hatte recht gehabt. Seine Entscheidung war der einzig gangbare Weg gewesen. Mochte er sich auch weitgehend aus den Geschäften zurückgezogen haben, so kamen doch alle zu ihm, wenn es eine entscheidende Schlacht zu schlagen galt.

Frank, sein ältester Sohn, hatte andere Vorschläge gehabt, wie man das Problem aus der Welt schaffen sollte. Aber Frank hatte doch keine Ahnung. Ja, er war mit seinen sechsunddreißig Jahren ein guter Geschäftsmann, aber wenn es darum ging, Entscheidungen zu treffen, waren alle seine Ideen nicht hart genug.

Was nützten Drohungen? Handfeste Aktionen wie in den alten Tagen waren das einzig richtige.

Margaret Lawrence Brown war seit zwei Wochen tot, und bereits nach so kurzer Zeit hatte der Ärger aufgehört. Ohne jemanden, der sie führte, und an den sie sich wenden konnten, waren die Prostituierten ruhig. Es schien, als ob durch Margarets Ermordung auch ihr Kampfgeist getötet worden war. Nach und nach kamen die Frauen, die abgehauen waren und andere Jobs angenommen hatten, zurück. Sie schienen gegen all die Prügel und Beschimpfungen, die sie erwarteten, blind zu sein. Sie waren zum zweitenmal geschlagen.

Enzio war prächtiger Stimmung. Er bestellte einen langen Chinchilla-Mantel für Mary Ann, und er wurde innerhalb von Stunden geliefert. Enzio war in Feierstimmung. Mary wußte zwar nicht recht, was sie zusammen feierten, aber sie war ein williger Partner bei allem, wozu Enzio Lust hatte.

»Du bist mein italienischer Super-Liebhaber«, schnurrte sie, »mein Super-Super-Mann!«

»Und du bist ein scharfes, saftiges kleines Stück«, antwortete er lachend, »mein liebstes Lasagnestück!«

Es machte ihm Vergnügen, sie anzusehen. Ihr heller, geschwungener Körper, ihre beachtlich großen Brüste, ihre seidene Haut, ihr Schmollmund — es würde wohl eine Weile dauern, bis er diese hier satt hatte.

## 6

Lola war nicht ihr richtiger Name. Sie sah dünn und verwahrlost aus, hatte kohlrabenschwarze Augen und trug Kleider, an denen man sie gleich als Nutte erkannte. Ständig biß sie an ihren Fingernägeln herum. Sie war hungrig, nervös, hatte nur kleine Titten. An ihren Armen konnte man ablesen, daß sie rauschgiftsüchtig war. Sie war neunzehn.

Man hatte sie geschlagen. Nicht allzu schlimm, ein paar blaue Flecken am ganzen Körper, ein Zigarettenbrandfleck auf ihrem Rücken. Gerade genug, um ihr klarzumachen, daß noch mehr folgen könnte.

Sie wußte über alles Bescheid. Sie hatte alles gewußt, bevor es geschehen war. Sie lebte mit Charlie Mailer zusammen. Charlie war einer von Tonys Männern. Charlie hatte den Schuß auf Margaret abgefeuert.

Lola hastete die Straße entlang. Sie ging zum erstenmal aus, seitdem es geschehen war, zum erstenmal hatte sie den Mut dazu.

Sie trug einen kurzen Rock, geschnürte Sommerstiefel, engen Pulli, langes, verfilztes Haar, stark getuschte Wimpern. Charlie hatte sie aus dem Bett geschmissen. »Mach dich auf die Socken und verdien was, danach können wir ja vielleicht ins Kino gehen. Aber komm nicht mit weniger als ein paar Hundertern heim!«

Sie hatte sich zwei Wochen lang ins Bett verkrochen, und Charlie hatte nichts dagegen gehabt. Von seinem Erfolg berauscht, war er viel unterwegs gewesen. Tony war zufrieden mit seiner Arbeit, Tony wollte ihn um sich haben.

Sie wußte, daß Charlie sie loswerden wollte. Er war im Begriff aufzusteigen, und er wollte sie nicht länger am Bein haben. Es machte ihr nichts aus. Sie wußte, was sie tun wollte.

Ein Mann versperrte ihr den Weg und hielt sie am Arm fest. Sie schüttelte ihn ab. »Heute nicht«, sagte sie schroff, »ich arbeite heute nicht.«

Sie eilte weiter, wobei sie sich gelegentlich umwandte, um sich zu vergewissern, daß ihr niemand folgte.

Sie hielt einen Zeitungsfetzen in der Hand, eine Adresse. Sie hielt im Laufen inne und warf einen Blick darauf.

»Wo geht's hin, Süße?« erkundigte sich im Vorübergehen ein Betrunkener.

»Zieh Leine!« schnauzte sie ihn an.

Als sie die Adresse gefunden hatte, zögerte sie hineinzugehen. Sie blieb auf dem Gehsteig stehen und blickte das Gebäude hinauf. Sie dachte an Susan, ihre kleine Schwester, spuckte zornig auf den Boden und ging kurzentschlossen hinein.

»Ich möchte Cass Long sprechen«, sagte sie. »Sie erwartet mich nicht, sagen Sie ihr, es ist dringend.«

Der Portier ließ seinen Blick über sie gleiten. Er war alt und vergrämt, und seine Augen blieben an ihren Beinen hängen, als er zu Cass' Apartment hinauftelefonierte. Cass sagte ihm, er solle das Mädchen hinaufschicken. Es waren viele Mädchen seit Margarets Tod zu ihr gekommen, sie war daran gewöhnt. Sie bot ihnen Kaffee an und unterhielt sich ein wenig mit ihnen und schenkte ihnen ein Bild von Margaret mit der Aufschrift ›Frieden — Liebe‹. Irgendwie war es tröstlich zu wissen, wie viele Menschen Margarets Tod getroffen hatte.

Beth machte Lola auf, bat sie in die Küche und bot ihr Erfrischungen an. Sie erkannte auf den ersten Blick, daß Lola eine Fixerin war.

»Ich will nichts von euch«, sagte Lola, »ich habe was zu sagen, und ich will's kurz machen.«

Cass gesellte sich zu ihnen. Sie hatte dunkle Ringe unter den Augen und sah müde aus.

»Ich bin nicht auf die Belohnung scharf«, sagte Lola hastig. »Ich will kein Geld, Mitleid oder sonst was. Ihr seht, was ich bin, ich kann kein großes Geheimnis draus machen. Margaret gab uns Hoffnung, aber mich hätte sie nicht wieder auf die Beine gebracht — ich bin eine Verliererin —, aber ich hatte eine Schwester, noch 'n richtiges Kind — Schiet, ich kann's noch nicht mal euch erzählen.« Sie machte eine Pause und wischte ihre Nase mit dem Handrücken ab. »Einer von Tonys Männern war's — wer, ist nicht so wichtig — hat im Auftrag gehandelt . . . Tony selbst hatte 'nen Auftrag. Der Kerl, von dem die Sache ausging, war Enzio Bassalino . . . er hat alles angezettelt . . . *er allein* ist dafür verantwortlich. Er lebt in Miami. Offiziell hat er sich zur Ruhe gesetzt, aber er hat sie alle in der Hand — Margarets Tod kam aus seinem Mund, nicht aus dem Revolver.«

Cass sagte kein Wort. Sie war ganz sicher, daß dieses Mädchen die Wahrheit sprach.

»Ich muß jetzt gehen.« Lola wandte sich dem Ausgang zu.

»Wirst du vor der Polizei aussagen?« fragte Cass.

»Nee.« Lola schüttelte den Kopf. »Das ist Zeitverschwendung. Die Hälfte von denen hat Bassalino in der Tasche. Wenn ihr ihn haben wollt, dann müßt ihr's schon selber machen.«

»Versteh ich nicht«, sagte Cass.

»Laßt's euch durch den Kopf gehen. Ihr könnt es schaffen, ihr seid clever, ihr habt Verbindungen.« Lola begann plötzlich zu zittern, sie hatte etwas ganz Bestimmtes vor. »Ich kann mir den Kerl vorknöpfen, der den Schuß abgefeuert hat — aber der wirkliche Mörder ist Bassalino. Ich hab' Margaret Lawrence Brown immer bewundert, seht zu, daß ihr den Scheißkerl erwischt.«

»Kannst du noch ein bißchen hierbleiben?« bat Cass. Sie wollte Dukey oder Rio holen, jedenfalls jemanden, der das alles besser verstand als sie.

Lola schüttelte den Kopf.

Draußen war es dunkel, und sie ging in Richtung Times Square. Sie mußte jetzt eigentlich keinen Typ aufreißen, aber irgendwie erschien es ihr richtig, daß sie es tat.

Sie stellte sich im Foyer eines Kinos auf und ging auf den ersten Mann zu, der ohne Begleitung kam.

Er war mittleren Alters und hatte einen kehligen Husten. Sie verhandelten und gingen schnell zu einem nahe gelegenen Hotel. Er bestand darauf, zuerst allein hineinzugehen, und sie folgte ihm ein paar Minuten später.

Das Zimmer war winzig klein, das Bett ungemacht.

Sie begann sich auszukleiden, und der Mann sagte zu ihr, sie solle ihre Schuhe anbehalten. Er blieb so, wie er war, öffnete nur seinen Hosenschlitz und schüttelte sich frei.

Es ging los, und Lola starrte geistesabwesend zur Decke hinauf. Sie war ruhig und gelöst, sie wußte genau, was sie tun würde. Er war schnell fertig, und Lola nahm das Geld und ging. Langsam ging sie heim.

Charlie schlief. Sie ging in die Küche, öffnete eine Coca und trank gleich aus der Büchse. Die kalte Flüssigkeit schmerzte in der Kehle. Dann holte sie Charlies Revolver von ganz hinten auf dem Kühlschrank herunter, wo er ihn aufzubewahren pflegte. Sie prüfte ihn sorgfältig. Er war geladen. Sie setzte den Dämpfer drauf. Sie wußte eine Menge über Schußwaffen.

Dann ging sie zur Schlafzimmertür und rief seinen Namen. Langsam wurde er wach, setzte sich auf, sah den Revolver, den sie auf ihn gerichtet hielt.

»Was, zum T . . .« Ein Schuß traf ihn ins Bein. Zufrieden hörte sie den dumpfen Aufschlag der Kugel.

Er versuchte aufzustehen, sein Gesicht war eine Maske aus Zorn und Überraschung. Sie schoß ihm genau zwischen die Beine, genau in die Hoden.

Vor Schmerz heulte er laut auf.

Sie schoß ihm ins Herz. Er fiel zu Boden und war still.

Sie legte den Revolver neben ihn und verließ das Apartment. Mit dem Lift fuhr sie die fünfundvierzig Stockwerke bis ganz oben hinauf und stieg aufs Dach hinaus. Ohne zu zögern schritt sie bis zur Kante und warf sich hinunter.

Sie landete auf einem Gitter und wurde von den Spitzen regelrecht aufgespießt. Sie starb im Notarztwagen auf dem Weg ins Krankenhaus.

## 7

»Also, dann bleibt's dabei?« fragte Rio. Sie blickte in die Runde, ein kleiner Kreis hatte sich in ihrem Wohnzimmer versammelt. »Dann möchte ich mir aber verbitten, daß einer den Schwanz einzieht und kneift. Wer mitmacht, für den gibt's kein Zurück mehr, nur noch ein Vorwärts.« Sie blickte Lara direkt an. »Es geht dann nicht, daß einer von uns in ein kleines Jet-Set-Paradies entschwindet, wenn er die Nase voll hat!«

Lara erwiderte ruhig, aber mit gerötetem Gesicht: »Hör mal, Rio, das ist kein Spielchen für mich. Margaret war meine Schwester, und wie unterschiedlich wir auch gewesen sein mögen, so habe ich sie doch genauso geliebt wie ihr. Ich weiß, was ich zu tun habe, und glaube mir, ich werde es sehr, sehr gut machen.«

»Rio hat es nicht so gemeint«, sagte Cass schnell, »wir sind alle ein bißchen mit den Nerven runter. Wer wäre das nicht nach den letzten Wochen? Jetzt, wo alles abgemacht ist und wir entschlossen sind, wird es uns wieder besser gehen, ich für meinen Teil fühle mich jedenfalls wieder wohler.«

Dukey K. Williams stand unvermittelt auf, seine mächtige Gestalt stand drohend im Raum. »Ich halte meinen Weg immer noch für den besten.«

»Dein Weg!« höhnte Rio, »guten Morgen, großer Bassalino-Boß, ich weiß, daß Sie es waren, der den Befehl gab, Margaret zu erschießen. Kommen Sie her, Mister Bösewicht, damit ich Sie mit meinen großen, starken Händen windelweich schlagen kann. Dukey, du hast lauter Schiet im Hirn! Der Mann ist einer der größten Gangster. Du brauchst nur irgendwo in seiner Nähe aufzutauchen, dann lassen sie deinen Arsch in die Luft gehen. Und selbst wenn du an ihn rankommst — was dann? Ihn töten? Was ist das schon? Tot sein ist nichts, Mann, getötet werden ist zu wenig für ihn. Was wir beschlossen haben, ist die einzige Möglichkeit, ihn am Lebensnerv zu treffen.

Dukey seufzte. »Rio, du lebst ein Leben zwischen den Beinen. Ein bißchen vögeln hier, ein bißchen bumsen dort. Was soll's? Das haben die Kerle auch schon vorher gehabt.«

»Es wird klappen«, sagte Rio zuversichtlich.

»Ja, bei dir wird es wahrscheinlich klappen, ein Sex-

Freak, wie du einer bist. Vielleicht auch noch bei Lara — dazu kenne ich sie nicht gut genug, aber sie sieht ziemlich schnell aus. Aber Beth? Ich glaube, du machst Witze. Ein Baby wie sie wird von den Gecken, um die es geht, zerquetscht und aufgefressen.«

Jetzt mischte sich Beth selbst ein. »Ich werde es schaffen, Dukey.« Weit öffneten sich ihre sanften, blauen Augen. »Ich möchte es tun.«

»Die Sache ist beschlossen«, stellte Rio fest, »verdammt noch mal, ganz fest beschlossen. Und morgen geht's los.«

Dukey K. Williams verließ die Sitzung kurz danach. »Scheißweiber!« murmelte er vor sich hin, »gottverdammte Weiber.« Er stieg in seinen weißen Rolls-Royce, der im Parkverbot vor Cass' Apartment stand. Ärgerlich stieß er eine Kassette in sein Stereogerät. Zufällig war es *Dukey K. Williams singt Dukey K. Williams.* Das erste Stück hieß *Soul, Grit and Margaret.* Er hatte es für sie geschrieben. Was für einen Dickschädel sie gehabt hatte. Eine richtige Wildkatze, im Bett und auch sonst. Wenn sie doch nur auf ihn gehört hätte . . .

»Hör auf damit«, hatte er sie immer und immer wieder gewarnt, »leg dich nicht mit den großen Bossen an. Ein paar Nutten wirst du vielleicht retten, aber das wird auch nicht viel nützen. Ein paar retten, ein paar verlieren — alles Mist.«

Sie hatte ihn nur angelächelt, mit ihrem warmen, sexy Margaret-Lächeln — und seine Ratschläge ignoriert.

Er wußte nicht, wie, aber plötzlich war er mittendrin. Mittendrin im Schlamassel.

Er hatte Schulden, für seine Verhältnisse nicht viel, zweihunderttausend. Kleine Fische für ihn, mit einer einzigen Platte, oder wenn er vierzehn Tage lang in irgendeiner Spelunke von Miami singen würde, hätte er das Geld beisammen.

Die Sachlage war die, daß er also Geld schuldete, er aber im Moment, so wie die Dinge standen, nichts auf der Hand hatte, um die Schulden zurückzuzahlen. Er hatte soeben eine riesige Summe an Exfrau Nummer zwo zahlen müssen, und seine eigenen laufenden Kosten waren enorm. Der Lebensstil von Dukey K. Williams war ausgesprochen fürstlich.

Er schuldete also einigen großen Bossen in Vegas Geld. Sie wußten genau, daß er es herbeischaffen konnte. Viele Stars hatten an den Spieltischen bereits ihr Honorar verspielt, noch bevor es in ihrem Geldbeutel gewesen war. Das war nichts Ungewöhnliches. Es gab keinen Grund zur Beunruhigung.

Es blieb nicht lange geheim, daß er sein Verhältnis mit Margaret Lawrence Brown begonnen hatte. Sie war auf ihre Art genauso berühmt wie er.

Zeitungen und Zeitschriften begannen über ihre Beziehung zu berichten, als ob es sich um zwei Scheiben erstklassiger Steaks handelte, nicht um menschliche Wesen mit Gedanken und Gefühlen.

Dann hatte Margaret plötzlich die spleenige Idee, die Huren zu retten. Es genügte ihr nicht, all die kleinen, von der Moral der ›Rednecks‹ unterdrückten Hausfrauen New Jerseys rebellisch gemacht zu haben, nein, sie wollte auch noch die Huren. Und wenn Margaret etwas wollte, dann bekam sie es auch.

Ihre Kampagne war langsam und klug angelegt, und zunächst lachten die Leute nur. Die Nutten retten! Wozu?

Dukey war auch skeptisch gewesen. Margaret und er hatten gerade ein wunderbares Verhältnis laufen, er bewunderte sie regelrecht. Aber selbst er hatte nicht geglaubt, daß sie einen so großen Einfluß hatte.

Aber sie hatte ihn. Und plötzlich lachten die Leute nicht mehr, und plötzlich bekam Dukey ein paar Anrufe, und plötzlich war er mittendrin.

»Sieh zu, daß deine Freundin aufhört, dann ist die kleine Summe, die du uns schuldest, vergessen.« Das waren die ersten Anrufe.

Dann wurden sie immer drohender, und er hatte sich wirklich bemüht, Margaret zu überreden, ihre Aktion einzustellen. Aber sie hatte nichts davon wissen wollen.

Schließlich hatte er die zweihunderttausend bezahlt, einfach, um sie vom Hals zu bekommen. Er mußte sich das Geld von einem früheren Freund, einem Rauschgiftboß namens Bosco Sam, leihen. Sofort hörten die telefonischen Drohungen auf. Eine Woche später wurde Margaret erschossen.

Dukey wollte sich rächen, genau wie Rio und Cass und die beiden Schwestern, von deren Existenz er bis zu Margarets Ermordung nichts gewußt hatte.

Ihr Plan würde danebengehen. Sie hatten vor, die Söhne von Enzio Bassalino sexuell und psychisch fertigzumachen, ihr Leben zu zerstören und dadurch den alten Mann zu vernichten.

Alles Blödsinn.

Nie und nimmer würde ihnen das gelingen. Keine Chance.

Sollten sie jedoch ruhig ihre Spielchen treiben, bis er soweit war, seine eigenen Pläne zu starten.

Es konnte Schwierigkeiten geben, aber er wußte, daß es letzten Endes so laufen würde, wie er es wollte.

## 8

Er war groß und sah gut aus. Seinem Erscheinungsbild nach war er der typische wohlhabende Italo-Amerikaner. Wenn er lächelte – und er hatte allzeit ein Lächeln bereit –, entblößte er ein makellos weißes Gebiß. Er hatte warme braune Augen und leicht gewelltes schwarzes Haar. Er war dreiunddreißig, trug schwarze italienische Anzüge, Seidenhemden, handgemachte Schuhe. Nur das Beste war gut genug für Nick Bassalino.

Er lebte sehr stilvoll in einem großen Haus hoch über den Lichtern von Hollywood. Obwohl er kein Schauspieler war, hatte er wegen seines fast unglaublich guten Äußeren viele Angebote erhalten. Nur wenn man ganz genau hinsah, kam einem der Verdacht, daß seine Zähne reguliert, seine Nase korrigiert und seinem pechschwarzen Haar mit etwas Färbemittel nachgeholfen worden war.

Nick war der Chef einer Gesellschaft, die sich ›Warehousing Incorporated‹ nannte. Ein sehr vielseitiges Geschäft, es umfaßte unter anderem alles, was mit Auto- und Lastwagendiebstahl zu tun hatte. Es war das größte seiner Art an der Westküste, und Nick leitete es.

Mit einem Vater, der Enzio Bassalino hieß, mußte man bestimmt nicht ganz von unten anfangen.

Nicks ständige Freundin war April Crawford, ein alternder Filmstar, der schon vier Ehen hinter sich hatte. Starlets und andere kleine Dinger waren nichts für Nick. Er wollte, daß man ihm etwas Respekt erwies, wenn er ausging, und in Hollywood war das sicherste Mittel dafür, sich mit einem Filmstar sehen zu lassen.

Sie lebten seit einem Jahr zusammen, und dieses Arrangement war für das öffentliche Image der beiden sehr von Nutzen.

April empfand es als sehr angenehm, daß Nick selbst über Geld verfügte und nicht von ihr nassauerte. Er sah gut aus, war kein Jüngelchen mehr — seinetwegen also konnten sich die Leute nicht über sie mokieren. Er kam mit all ihren Freunden — männlichen wie weiblichen Geschlechts — gut zurecht. Und was natürlich für April sehr wichtig war — er war große Klasse im Bett.

Was Nick betraf, er genoß die Respektabilität dieser Beziehung. Zu den Leuten vom Film zu gehören, ab und zu in Fan-Zeitschriften abgebildet zu sein, gab seinem Leben etwas mehr Klasse.

Er konnte nicht verstehen, warum Enzio so sehr dagegen war. Enzio rief ihn oft an und machte ihm Vorhaltungen. »Wie steht's mit dir und der alten Schachtel? Was soll das? Du machst den Namen Bassalino zum Gespött der Leute.«

»Es wäre dir wohl lieber, ich wäre mit einer schönen, aber blöden achtzehnjährigen Gans zusammen«, pflegte Nick darauf zu antworten.

»Und warum nicht? Was ist so schlecht an ein paar prallen Brüsten, einem hübschen Gesicht, einem Weib, das von andern Männern begehrt wird, aber nur du besitzt?«

»Du verstehst das nicht . . .«, antwortete Nick darauf jedes Mal. Ihm hing das alles zum Hals heraus, es waren immer die gleichen Argumente.

»So, so, ich verstehe das nicht. Aber für einen alten Mann, der nichts versteht, habe ich es nicht so schlecht gemacht, und du hast nicht so schlecht daran getan, mein Sohn zu sein.«

»Schon gut, schon gut, vergiß es. Ich schick dir ein Glückwunschtelegramm, wenn wir Schluß machen.«

»Schuft«, murmelte dann Enzio, und beide mußten lachen.

Sie hatten eine Beziehung, die auf Liebe basierte, die feste, stolze Liebe, die eine italienische Familie verbindet.

Bei allem, was Enzio in seinem Leben getan hatte — und er hatte eine Menge getan —, war er seinen Söhnen stets ein guter Vater gewesen. Trotz des schlechten Gesundheitszustands ihrer Mutter (Enzio bezeichnete Roses Verrücktheit immer als schlechten Gesundheitszustand) hatte er sie zu prächtigen Kerlen erzogen. Nick erledigte seinen Job als Boß der Warehousing Incorporated wirklich gut. Er wußte, wo es langging, die Leute überlegten es sich zweimal, ob sie sich mit ihm anlegten. Er war ein echter Bassalino-Sohn.

»Bist du startbereit?« April betrat Nicks Ankleidezimmer.

Sie wohnten in getrennten Häusern, aber an den Wochenenden wollte April Nick gern um sich haben.

Sie war eine gut erhaltene Blondine Anfang fünfzig, klein, schlank, immer perfekt gekleidet und zurechtgemacht. Aus einiger Entfernung sah sie wie Ende dreißig aus, aber aus der Nähe betrachtet gaben kleine, müde Linien und Andeutungen von Tränensäcken ihr Geheimnis preis.

»Für dich bin ich immer startbereit, meine Süße«, antwortete Nick und faßte nach ihr, was sie vor Entzücken laut aufschreien ließ.

Als er sie mit acht Jahren zum erstenmal auf der Leinwand gesehen hatte, hatte er sich auf der Stelle in sie verliebt.

»Laß uns heute früh nach Hause gehen«, sagte April. Trotz vier Ehemännern und zahlreichen Liebhabern hatte sie noch nie solche Liebesfreuden genossen wie mit Nick.

»Du bist der Boß.«

»Mir wär's am liebsten, wir müßten überhaupt nicht hingehen. Wenn ich sie anrufe, hat sie vielleicht Verständnis . . .«

»Nein, hat sie nicht«, sagte Nick mit Bestimmtheit. »Außerdem sind wir beide bereits fertig, und du siehst großartig aus — wie ein Püppchen.« Er wollte Janine Jamesons Party auf keinen Fall versäumen. Sie gehörte zu Aprils Generation und war ebenso berühmt.

Sie fuhren in Nicks schwarzem Mercedes zur Party. April trug ein hellblaues, mit Pailletten besetztes Kleid. Ein paar Pailletten waren an Nicks Anzug hängengeblieben. Ungeduldig zupfte er sie ab.

»Komm mir mit diesem Kleid nicht mehr zu nahe«,

warnte er sie. Er war immer erpicht darauf, tadellos auszusehen.

»Du übertreibst wirklich«, lachte April, »aber ich liebe dich trotzdem.«

Auf der Party erkannten sie viele bekannte Gesichter, eine Menge Stars. Nick stürzte sich ins Gewühl.

Ein vollbusiges Starlet machte sich an ihn heran, als er sich gerade an der Bar einen Drink besorgte. Bevor er April kennengelernt hatte, hatten sie einmal miteinander gevögelt.

»Wie geht's, Nicky Ticky?« fragte das Mädchen und drängte sein gut entwickeltes Gehänge an ihn. »Hast du die alte Schachtel bald über? Denk dran, ich freu mich, mal wieder was von dir zu hören.«

»Was hast du vor, wenn deine Titten allmählich abwärts sinken?« fragte Nick kalt. »Ich würde dir raten, lieber einen Schreibmaschinenkurs zu belegen, als auf Partys rumzuhängen und Männer anzumachen — sieht nicht so aus, als ob es bei dir noch lange hin wäre.«

»Schwanzlutscher«, murmelte das Mädchen wütend.

»Entschuldige mich bitte, eine *Dame* erwartet mich«, sagte Nick freundlich.

April kannte beim Trinken mal wieder kein Maß. Nach dem vierten Scotch begann sie zu lallen, bald darauf schwankte sie beim Gehen, und ihr Gesicht bekam einen besoffenen Ausdruck. In Kürze würde sie ganz zusammenfallen.

Es irritierte Nick. Er selbst trank nie viel, denn in seinem Beruf zahlte es sich aus, hellwach zu sein, also blieb er für gewöhnlich bei purem Tonic-Wasser. Soundsooft hatte er April zugeredet, ihren Alkoholkonsum einzuschränken. Er versuchte sie zu Drinks zu überreden, die er selbst für sie mixte, natürlich stark verdünnte. Aber es war nichts zu machen, jeder Ober, der vorbeikam, wurde bei ihr ein volles Glas los.

Janine Jamesons Party war keine Ausnahme, und bald schon war April sternhagelvoll.

Nick wußte aus Erfahrung, daß man sich jetzt von ihr am besten eine Weile fernhielt, denn in betrunkenem Zustand war April aggressiv und beleidigend.

Nick unterhielt sich gerade mit einer Klatschjournalistin, als er das Mädchen zum erstenmal sah. Sie stand in einer Gruppe an der Bar. Sie war von mittlerer Größe, hatte eine olivfarbene, gebräunte Haut und eine blonde Mähne mit kastanienbraunen Strähnen. Ihr atemberaubender Körper steckte in einem enganliegenden weißen Kleid, das seitlich fast bis zur Taille aufgeschlitzt war. Sie war wohl das schönste Mädchen, das Nick jemals gesehen hatte, und im Lauf der Jahre hatte er eine Menge Mädchen gesehen.

»Wer ist *das*?« fragte Nick.

Die Klatschjournalistin lächelte, ein kaum sichtbares, böses Lächeln. »April sollte lieber nicht hören, wie interessiert Sie sich nach ihr erkundigen. Das ist Lara Crichton, eines dieser armen, kleinen, reichen Mädchen, die man immer in Modezeitschriften sieht.«

Nick wechselte das Thema.

Lara hatte ihn sofort erblickt. Schließlich hatte sie ja Bilder von ihm, einen kurzen Lebenslauf, sie wußte bestens über seine Beziehung mit April Crawford Bescheid.

Sie beobachtete ihn vom anderen Ende des Raumes und postierte sich dann so an der Bar, daß sie genau in seiner Blickrichtung lag. Sie sah, wie er herüberblickte und sich nach ihr erkundigte.

Der Anfang war einfach gewesen — aber der erste Anstoß war für Lara immer einfach gewesen.

Soweit sie sich zurückerinnern konnte, hatten sich die Männer immer nach ihr umgedreht. Sogar als sie ein kleines, sechsjähriges Mädchen gewesen war, hatte sie viel Aufmerksamkeit auf sich gezogen.

Da sie sehr hübsch war, war es ihr ein leichtes, das kinderlose Ehepaar, zu dem sie geschickt worden war, um den kleinen Finger zu wickeln.

Sie vergötterten sie, und obwohl sie nicht viel Geld hatten, verwöhnten sie das Kind maßlos.

Sie gewöhnte sich daran, daß man ihr überall Beachtung schenkte, und als sie allmählich zu einem jungen Mädchen heranwuchs, bekam sie sie erst recht.

Mit vierzehn ging sie von der Schule ab, um Tanz, Sprache und Bewegung zu studieren. Sie nahm an einem Schönheitswettbewerb einer Zeitschrift teil und gewann. Der Preis war eine Reise nach Hollywood. Das Gute an der Reise war, daß sie dadurch mit Margaret zusammensein konnte.

Als sie nach London zurückkehrte, bekam sie immer mehr Aufträge als Mannequin. Sie begann zunächst als Hausmannequin und war auch bald als Fotomodell begehrt. Sie konnte sich anpassen wie ein Chamäleon, eine sehr wesentliche Eigenschaft für ein gutes Modell. Sie konnte wie ein kleines Mädchen oder intellektuell, sexy, sogar unscheinbar aussehen. Es war eine Sache der Ausdrucksfähigkeit, und Lara beherrschte diese Kunst.

Ihre Arbeit ging vor. Sie verabredete sich nicht, lebte Diät, übte, ernährte sich gesund und schlief nachts mindestens acht Stunden.

Sie wurde immer schöner. Um sich zu vervollkommnen, begann sie ganz gezielt nur mit bestimmten Männern auszugehen. Bei dem einen konnte sie etwas über Weine lernen, beim andern etwas über Pferderennen, und wieder ein anderer brachte ihr etwas über *Baccarat* oder *Chemin de Fer* bei.

Sie weigerte sich, mit ihnen zu schlafen. Sie hatte noch nicht den Mann gefunden, von dem sie sich etwas über Sex beibringen lassen wollte.

Als sie zwanzig war, traf sie Michael Crichton, und sie

wußte sofort, daß dies der Mann war, den sie heiraten mußte. Michael hatte bereits ein Vermögen im Wert von über einer Million geerbt, und es würde noch mehr kommen. Er war jung, sah gut aus und war sehr verwöhnt. Die Mädchen umschwärmten ihn, und obwohl seine erste Reaktion auf sie vorhersehbar gewesen war, wußte Lara, daß sie spurlos in dem Meer von Mädchen, das ihn umgab, verschwinden würde, wenn sie nicht sehr aufpaßte.

Deshalb packte sie es mit aller Raffinesse an. Sie lehnte seine Einladungen ab. Statt dessen pflegte sie Kontakt mit seinen Freunden, so daß sie überall dort auftauchte, wo auch er war.

Sein allerbester Freund, Eddie Stephen Keyes, verliebte sich in sie und machte ihr einen Heiratsantrag. Jedoch sie dachte gar nicht daran, ihr ursprüngliches Vorhaben aufzugeben.

Es nahm mehrere Monate in Anspruch, auf diese Weise an Michael heranzukommen. Aber plötzlich hatte bei ihm der Funke gezündet. Sie charterten ein Flugzeug und ließen sich auf Tahiti trauen, und überall wurden sie von der Presse als das neuste ›Beautiful Couple‹ gefeiert.

Die Ehe hielt genau ein Jahr, ein Jahr, in dem Lara eine Berühmtheit wurde.

Dann war plötzlich Schluß, beide wollten die Scheidung. Sie hatten es beide satt, durch die Ehe in ihren Freiheiten eingeschränkt zu sein und dauernd zusammensein zu müssen. Sie trennten sich in aller Freundschaft. Michael war bereit, ihr einen großzügigen Unterhalt zu zahlen. Sie ging nach Mexiko, wo sie nach kürzester Zeit geschieden war, worauf sie nach Acapulco weiterfuhr. Dort lernte sie ihren ersten italienischen Prinzen kennen. Seitdem war Lara in der Welt herumgereist. Immer die besten Orte, zur besten Zeit, mit den besten Männern.

Erst nachdem Margaret erschossen worden war, hatte sie begonnen nachzudenken. Was tat sie eigentlich mit ihrem Leben? Warum war es für sie so wichtig, zur rechten Zeit mit dem richtigen Mann am richtigen Ort zu sein? Warum suchte sie sich stets Lebemänner aus? Warum war es so wichtig, an jedem Flughafen von Fotografen belagert, in jedem nichtssagenden Modejournal zitiert zu werden? Warum hatte sie es so nötig, den Nil hinunterzufahren, nach Afrika zu reisen, nur um in den neuesten Kleidern fotografiert zu werden?

Wenn sie jetzt darüber nachdachte, schien ihr alles so leer — was für ein oberflächliches Leben. Margarets Tod, die Reise nach New York und das Zusammensein mit Margarets Freunden hatte ihr das plötzlich bewußt gemacht.

Sie war entschlossen zu helfen, sie war bereit, etwas zu tun. Die Rache für Margarets Tod war die perfekte Gelegenheit.

Es war Rios Idee gewesen. Sie brachten es nicht fertig, zu töten, sie waren keine Mörder, außerdem war der Mann, der den Schuß auf Margaret abgegeben hatte, von Lola mit einer Kugel direkt in die Hoden erledigt worden. Poetische Gerechtigkeit, hatte Rio geschwärmt. Margaret hätte das gefallen.

Sie hatten drei Detektive auf Enzio Bassalino angesetzt, um Genaueres über sein Leben zu erfahren, und es hatte sich herausgestellt, daß das einzige, woraus er sich wirklich etwas machte, seine drei Söhne Frank, Nick und Angelo waren.

Wollte man Enzio Bassalino treffen, gab es logischerweise drei Möglichkeiten, um das zu erreichen.

Lara war von Susie und Les Larson auf die Party mitgenommen worden, einem jungen Paar, dessen einzige Bedeutung darin lag, daß Les' Mutter zu den reichsten Frauen der Welt zählte. Lara war die Nacht zuvor angekommen. Sie war bei ihnen zu Gast, und sie wußte, daß sie ihn innerhalb einer Woche treffen würde, da April Crawford eine eifrige Partygängerin war. Daß sie ihn so bald sah, war pures Glück.

Sie erkundigte sich bei Susie nach ihm, um ihre Reaktion abzuschätzen. »Wer ist dieser Mann?«

»Ach, das ist Nick«, erwiderte Susie und lachte, »er ist April Crawfords Freund. Für andere Mädchen ist der nicht zu haben. Offensichtlich ist er ganz verrückt nach ihr, begleitet sie überallhin wie ein Kindermädchen. Wieso fragst du? Findest du ihn attraktiv?«

Lara überhörte ihre Frage. »Ist er Schauspieler?«

»Nein, er macht irgendwelche krummen Geschäfte. Les sagt, er ist ein Gangster.« Susie kicherte. »Ich seh dir's aber an, daß du ihn attraktiv findest.«

»Nein, eigentlich nicht«, sagte Lara gähnend, »ein bißchen zu sehr rausgeputzt. Alles fest und schön, von den Hosen bis zu den Zähnen.«

»Ja.« Susie nickte. »Und wie ich bereits sagte, er ist in festen Händen. Wohl kaum dein Typ.«

Lara hätte gern gewußt, welche Art von Mann Susie für ihren Typ hielt.

Die Party war zum Gähnen langweilig, und Lara hatte bald genug davon. Sammy Albert, ein Schauspieler, dem der Ruf eines Weiberhelden vorauseilte, versuchte immer wieder, Lara zu überreden, mit ihm zu verschwinden und in die Diskothek zu gehen. Fünfmal hatte sie bereits abgelehnt, aber er war unermüdlich, folgte ihr auf Schritt und Tritt und versuchte, sie doch noch umzustimmen.

Sie sagte zu ihm, daß sie gerne April Crawford kennenlernen würde, und er führte sie zu ihr und machte sie miteinander bekannt. Aprils Augen waren gerötet und ihr Lippenstift verschmiert.

Lara lächelte und sagte ihr Schmeicheleien. Sie unterhielten sich über einen gemeinsamen Freund in Rom, und dann erschien Nick, nahm geschickt April das zu volle

Glas aus der Hand, das überschwappte und ihr Kleid besudelte, und gab ihr dafür ein nur halb gefülltes.

»Kennen Sie Nick Bassalino?« fragte April und tätschelte ihn liebevoll. »Das ist Lara ... Lara ...«

»Crichton«, sagte Lara, blickte ihn offen an und erwiderte seinen festen Händedruck mit einem ebenso warmen. Er hatte braune Augen, einen sehr freundlichen, offenen Blick.

»Wollen wir nicht in die Diskothek gehen?« fragte Sammy schon wieder. »Nick, April, vielleicht könnt ihr Lara überreden, mitzukommen.«

»Wundervolle Idee«, sagte April, »mir ist nach Tanzen zumute. So nett Janine auch ist — ihre Partys werden allmählich anödend.«

»Kommen Sie mit?« fragte Sammy Lara.

Sie nickte. »Ich muß es nur schnell mit Les und Susie besprechen.«

»Na, wie findet ihr sie?« fragte Sammy, als sie fortging. »Wirklich eine Wucht!«

April lachte. »Mein lieber Sammy, immer wenn du ein neues Mädchen kennenlernst, ist es die große Liebe, aber nur für eine Woche.«

»Eine Woche mit dieser hier würde mich recht glücklich machen.«

Lara kehrte in diesem Moment zurück, und sie gingen. Sie fuhr mit Sammy in seinem Maserati, April und Nick folgten im Mercedes.

»Ich könnte sie leicht abhängen«, sagte Sammy. »Wir könnten zu mir gehen und uns ein bißchen was zum Kiffen rausholen. Wär das was?«

»Ich hab's aufgegeben«, antwortete Lara.

»Ach so.« Sammy war sprachlos. Seine Verehrerinnen schickten ihm wöchentlich Tausende von Briefen, viele wünschten sich nur, ihn anfassen zu dürfen, und diese hier hatte noch nicht einmal Lust, zu ihm nach Hause zu gehen. Es war schon lange her, seit er den letzten Korb bekommen hatte.

Die Diskothek war wie immer gerammelt voll, aber für Sammy Albert und April Crawford war schnell ein Tisch freigemacht. Filmstars wurden immer bevorzugt behandelt, eine der angenehmen Randerscheinungen ihres Berufs.

April bestellte einen doppelten Scotch und schleppte Sammy auf die vollbepackte Tanzfläche ab.

»Sie sind alte Freunde«, stellte Nick fest, »Sammy spielte seine erste Rolle in einem von Aprils Filmen.«

»Ist schon gut«, lächelte Lara, »mir macht es nichts aus, Ihnen?«

»Um Gottes willen, nein! Ich mag's, wenn April sich amüsiert, das tut ihr gut, sie ist ein fantastisches Mädchen, hat 'ne Menge Energie, ein richtiger Tiger!«

Lara blickte ihm forschend ins Gesicht, um festzustellen, ob er ihr etwas vormachte. Aber er schien wirklich zu meinen, was er sagte, denn er beobachtete mit stolzem Lächeln April auf der Tanzfläche.

»Sie und Sammy müssen etwa gleich alt sein«, bemerkte Lara.

»Ich weiß es nicht«, antwortete Nick schulterzuckend, »was sagt das Alter schon. April hat in ihrem kleinen Finger mehr Energie als ich in meinem ganzen Körper.«

April hier, April dort. Nick Bassalino würde nicht so leicht zu brechen sein, wie sie es sich vorgestellt hatte. Sie war gewohnt, daß ihr die Männer zu Füßen lagen — Ehemänner, Junggesellen, ganz egal. Einer der berühmtesten Aussprüche Laras, der unter dem Jet Set kursierte, war: »Die meisten Männer sind wie leichte Mädchen, nämlich leicht zu haben.« Sie hatte immer die Erfahrung gemacht, daß ein Mann zu haben war, wenn sie ihn brauchte. Nicht, daß es so viele gewesen wären: der Herzog, die Affäre mit ihm hatte zwei Jahre gedauert; der Filmstar, nur ein paar kurze Monate; der deutsche Prinz, ein Jahr; der englische Lord, achtzehn Monate; der griechische Reeder, fast ein Jahr; und dann Prinz Alfa Masserini. Sie hatte gedacht, er sei vielleicht der richtige: ein Aussehen wie der Filmstar, Geld wie der Reeder, das jugendliche Alter des englischen Lords und der Charme des Herzogs. Aber statt dessen hatte er sich als Egoist entpuppt. Wie ich, dachte Lara, und sie mußte unwillkürlich auflachen.

»Worüber lachen Sie?« erkundigte sich Nick.

»Nichts, worüber Sie sich amüsieren würden.« Sie schüttelte den Kopf auf eine träge, sinnliche Weise, so daß ihr langes, dichtes Haar nach vorn wirbelte.

Sein Blick streifte sie kurz. Sie war unglaublich schön. Aber was galt Schönheit in einer Stadt wie Hollywood? So viele Mädchen, so viele Variationen von anziehenden, hübschen und schönen Mädchen, so viele unterschiedliche Figuren und Größen. Für jeden etwas. In Hollywood war Schönheit eine schwerverkäufliche Ware.

Da war April schon etwas anderes. April hatte Klasse, Vornehmheit, und sie genoß Anerkennung. Durch April hatte er Zutritt zu den Kreisen der Leinwandidole, die er schon als Kind verehrt hatte.

Nein, nein, er dachte nicht daran, seine Beziehung zu April wegen eines Seitensprungs aufs Spiel zu setzen. Sie war eine eifersüchtige Lady und sehr stolz. Wenn sie ihn jemals erwischte, gäbe es entsetzlichen Stunk.

»Ich hoffe, Sie kommen auf die Pary, die Susie und Les morgen für mich geben?« sagte Lara.

»April trifft alle unsere Verabredungen, aber ich bin sicher, daß sie davon weiß, und wie ich meine April kenne, versäumt sie niemals eine Party.«

Lara lächelte und sah ihn mit großen Augen an. »Großartig«, murmelte sie. Was für ein blöder Kerl er doch war — was für ein beschränkter, blöder Kerl.

## 9

Frank Bassalino war Enzios ältester Sohn, und deswegen hing er gerade an ihm am meisten. Als er beschlossen hatte, sich weitgehend aus dem Geschäftsleben zurückzuziehen, war es Frank, der mit der Leitung einiger seiner wichtigsten Unternehmen betraut wurde.

»Eines Tages«, hörte man Enzio gelegentlich sagen, »eines Tages wird dieser Junge *der* Mann sein.«

Frank kam gut mit Enzios älteren Geschäftspartnern zurecht. Es waren schwierige Männer, schnell mit Kritik zur Hand, aber Frank machte seine Sache gut. In gewisser Weise war er stärker als Enzio; wohl weil er in den härteren Gegenden New Yorks geboren und aufgewachsen war, hatte er nichts von Enzios angeborener sizilianischer Weichheit.

Mit Frank legte sich keiner gern an. Er war jetzt sechsunddreißig und hatte seit seinem sechzehnten Lebensjahr für seinen Vater gearbeitet. Dabei hatte er alle Arbeitsbereiche seines Vaters kennengelernt: Schutzgelder, Prostitution, Rauschgifthandel, Glücksspiele, Entführungen. Einmal war er der Killer gewesen, und er hatte es genossen. Aber Enzio mochte das nicht, er hielt es für zu riskant und gefährlich für ihn.

Er war schwer hinter den Frauen her gewesen und hatte eine unglaubliche Menge hinter sich gebracht — benutzt und weggeworfen wie ein schmutziges Kleenex. Bis er dann endlich mit neunundzwanzig ein Bild seiner Cousine in Sizilien gesehen und nach ihr geschickt hatte. Sie war vierzehn und sprach kein Wort Englisch. Enzio zahlte ihrer Familie die Mitgift und arrangierte alles. Dann heiratete Frank sie.

Jetzt, mit einundzwanzig, sprach sie immer noch nicht viel mehr Englisch. Sie lebten mit ihren vier Kindern in einem Haus in Queens, das fünfte war unterwegs.

Frank streunte nicht viel herum. Gelegentlich ließ er bei einer Nutte seinen Dampf ab, das war seine einzige Schwäche.

Rio wollte ihn sich vorknöpfen, aber sie wurde überstimmt. Sie war nicht sein Geschmack, überhaupt nicht sein Typ. Nein, bei Frank hatte nur jemand Chancen, der jugendliche Frische, einen Hauch von Unschuld ausstrahlte. Jemand, der ihn an seine Frau erinnerte, wie er sie zum erstenmal nach Amerika rübergebracht hatte.

Beth war ganz offensichtlich die richtige.

Eine ausgezeichnete Gelegenheit bot sich. Frank war auf der Suche nach einem Kindermädchen, das seinen Kindern Englischunterricht geben sollte. Er hatte drei Arbeitsvermittlungen beauftragt, aber bis jetzt alle Bewerberinnen abgelehnt, da sich entweder Schwarze oder Mexikanerinnen vorgestellt hatten.

Beth bewarb sich um die Stelle. Sie tauschte ihre Hippykleidung gegen einen schlichten Rock mit Bluse aus, band die Haare hinten ordentlich zusammen, schrubbte sich das Gesicht, besorgte sich falsche Referenzen.

Ein Dienstmädchen führte sie ins Wohnzimmer und bat sie, dort zu warten. Es war ein altmodischer Raum mit abgenützten Möbeln und religiösen Bildern an den Wänden.

Sie wartete eine halbe Stunde, dann stolzierte Frank endlich herein, seine Frau im Schlepptau.

Er war ein großer, breitschultriger Mann. Schwarzes Haar, schwarze Augen, Adlernase, um den Mund etwas, das auf Launenhaftigkeit schließen ließ. Wem diese Art Männer lag, mochte ihn als sehr attraktiv empfinden.

Beth haßte ihn auf den ersten Blick. Sie kannte Männer wie ihn, große Männer, die gegen jede Art von Veränderung waren, deren körperliche Kraft ihre größte Waffe war.

Sie mußte an jene Nacht in der Kommune denken, in der Männer wie er sie mitten in der Nacht aus dem Schlaf geschreckt hatten. Sie waren zu neunt oder zehnt, und alle waren sie betrunken gewesen.

Grölend und lachend, aus Schnapsflaschen saufend, waren sie in zwei Wagen vorgefahren. Die Farm war ziemlich weit von der Hauptstraße abgelegen, es gab keine Nachbarn, niemand, den sie um Hilfe hätte bitten können.

Die Haustür war nicht verriegelt gewesen, und so war es den besoffenen Kerlen ein leichtes gewesen, hereinzukommen. Rex, den alten Schäferhund, hatten sie so lange getreten, bis er übel zugerichtet liegengeblieben war. Dann hatten sie die Mädchen aus den Betten gezogen und eine nach der anderen vergewaltigt. Danach hatten sie die Jungen unter lautem Gelächter nach Strich und Faden verprügelt. Sie hatten sie verhöhnt, mit den übelsten Ausdrücken beschimpft. Sie sollten sich endlich die Haare schneiden lassen, zur Arbeit gehen und mit dem Rumlungern aufhören.

Es war ein ungleicher Kampf. Die Männer waren groß und stark und erfüllt von der rechtschaffenen Kraft derer, die glauben, die echten Wertmaßstäbe zu besitzen.

»Wenn du meine Tochter wärst«, hatte einer der Männer Beth angezischt, während er sie gestoßen hatte, »dann würde ich dir den Hintern versohlen, daß du eine Woche nicht mehr laufen könntest.«

Bevor sie abgehauen waren, hatten sie den Jungen die Haare abgeschnitten — mit Küchenscheren hatten sie daran herumgerissen. Max hatte danach mit sechzehn Stichen an der Kopfhaut genäht werden müssen.

Das Ganze hatte sich vor zwei Jahren ereignet, aber Beth schlief immer noch unruhig und empfand immer noch eine tiefe Abneigung, wenn sie einem Mann wie Frank gegenüberstand.

»Hm«, machte Frank und blickte sie kurz an. »Sie sind noch etwas jung, nicht wahr?«

»Ich bin zwanzig«, erwiderte Beth. »Ich habe die letzten

drei Jahre mit Kindern gearbeitet. Haben Sie die Empfehlungsschreiben durchgesehen?«

Frank nickte. Er war überrascht, daß sich so ein junges, hübsches Mädchen vorstellte. Das durfte fast nicht wahr sein, nach alldem Gesindel, das ihm die Agenturen bis jetzt geschickt hatten. Diese da würden die Kinder mögen, sie sah so sauber und nett aus.

»Also, Sie wollen den Job, Sie sollen ihn haben. Hundert Dollar die Woche, gutes Zimmer, Verpflegung, zwei Abende pro Woche frei. Möchten Sie die Kinder sehen?«

»Ja, gern.«

»He, Anna Maria!« Er zog seine scheue, dunkle Frau, die ein etwas aufgequollenes Gesicht und einen riesigen Leib hatte, hinter sich vor. »Bring . . . äh . . . wie war Ihr Name gleich wieder?«

»Beth.«

»Ja, natürlich. Beth, das ist Mrs. Bassalino — sie spricht nicht viel Englisch — es wäre ganz gut, wenn Sie ihr auch etwas Englisch beibrächten. Sie bringt Sie zu den Kindern und zeigt Ihnen alles. Wenn's Probleme gibt, dann kommen Sie zu mir, aber ich habe viel um die Ohren, also sehen Sie nach Möglichkeit zu, daß es nicht zu viele Probleme gibt. Wann können Sie anfangen?«

»Morgen.«

»Sie sind ein gutes Mädchen. Bei Anna Maria kann's jeden Moment losgehen, wir brauchen dringend ein wenig Hilfe.«

Er lächelte sie beide an, gab dann Anna Maria einen sanften Stoß in Richtung Beth, ließ seinen Blick nochmals über Beth gleiten, worauf er verschwand.

## 10

Angelo war nach der mißlichen Angelegenheit nach London geschickt worden. Nur vorübergehend, aber auf diese Weise war er auf diskrete Weise aus dem Weg geräumt, bis sich die Familie Camparo wieder beruhigte. Gino Camparo würde bald unter der Haube sein, und nach den Hochzeitsfeierlichkeiten — vielleicht in ein paar Monaten — würde der Vorfall vergessen sein, Angelo konnte dann ohne Sorge nach Hause geholt werden.

Irgendwie hatte Enzio die ganze Affäre amüsiert. Angelo war ganz und gar sein Sohn, ein Junge, der nichts ausließ, was seinem Schwanz in den Weg kam.

Aber es war eine prekäre Situation, und wenn Angelo nicht Enzios Sohn gewesen wäre, hätte er sich möglicherweise, in einen Zementblock eingelassen, in den Tiefen des East River wiedergefunden. Ein Mädchen vögeln — okay, aber nicht auf ihrer Verlobungsparty mit einem anderen Mann, und schon gar nicht dort, wo ihr Bruder und ihr Verlobter dich entdecken können. Und auch nicht, wenn das Mädchen die Tochter eines mächtigen Rivalen ist — wenn auch eines, mit dem man auf gutem Fuße steht. Also wurde Angelo nach London verbannt. Er konnte sich dort um einige Spielbanken kümmern. Enzio bereitete alles für ihn vor.

Was das Business betraf, entsprach Angelo nicht seinen Erwartungen. Er hatte nichts vom Schwung oder Ehrgeiz eines Bassalino, ihm ging eine gewisse innere Härte ab, wenn er mit Leuten verhandelte.

Der Junge war erst vierundzwanzig, ein richtiges Baby, hatte noch eine Menge Zeit zum Vernünftigwerden, überlegte Enzio bei sich. Gleichzeitig dachte er aber auch daran, daß er selbst mit vierundzwanzig Jahren bereits die rechte Hand Crazy Marcos gewesen war und eine große Zukunft vor sich gehabt hatte.

In New York hatte Angelo für Frank gearbeitet.

»Er ist ein faules kleines Aas«, hatte Frank sich beschwert, »schickst du ihn in irgendeine Spelunke, um Geld loszueisen, dann mußt du noch einen anderen Kerl hinterherschicken, weil er bereits mit 'nem Weib in der Koje liegt. Rumhuren ist alles, was er im Kopf hat.«

Enzio schickte ihn an die Westküste und versuchte, ihn für Nick arbeiten zu lassen, aber dort war es noch schlimmer. Ein Starlet hatte es ihm angetan, und das Techtelmechtel endete schließlich damit, daß er von ihrem ›Produzenten‹ windelweich geschlagen wurde.

»Reiß dich in London am Riemen«, warnte ihn Enzio, »vor einem Bassalino sollte man Respekt haben. Vögele rum, soviel du willst, aber denk dran, am wichtigsten ist *Geld*. Die Aussichten für uns, dort drüben Geschäfte zu machen, sind günstig — ich will, daß du einmal das Ganze überwachst und rausholst, was für uns rauszuholen ist. Zu Beginn arbeitest du mit der Stevesto-Organisation — sie werden dir alles Nötige zeigen.«

Angelo hatte mit den Schultern gezuckt. Ihm war es nicht wichtig, Geld zu verdienen. Solange eine Menge Geld in der Familie war, warum sollte er sich dann kaputt schuften, um noch mehr beizutreiben? Er sah keinen Sinn darin. Und was den Respekt vor einem Bassalino betraf — sollten sich doch Frank und Nick darum kümmern, ihnen machte es sogar Spaß, ihm nicht.

Jedoch machte er keinen Versuch, mit seinem Vater deshalb zu streiten. Niemand stritt mit Enzio. Früher einmal hatte er den Wunsch geäußert, nicht ins Bassalino-›Geschäft‹ eintreten zu müssen. Er wollte Schauspieler, vielleicht auch Musiker werden. Damals war er sechzehn gewesen. Enzio hatte ihn darauf mit einem Lederriemen verdroschen und ihn vierzehn Tage in sein Zimmer gesperrt — seitdem hatte Angelo nichts mehr darüber verlauten lassen.

London war eine feine Stadt, wie Angelo bald entdeckte. Eine Menge hübscher Mädchen und freundliche Leute. Man konnte sich auf den Straßen bewegen, ohne befürchten zu müssen, niedergeschlagen und ausgeraubt zu werden. Ein Apartment war für ihn gefunden worden, und dann hatte er seine Arbeit bei der Stevesto-Organisation angetreten. Es war keine schwere Arbeit, er mußte nur ein Auge auf zwei Casinos haben und sehen, wie die Dinge liefen.

Angelo war glücklich. Jede Woche ein anderes Mädchen, wenn ihm danach zumute war, und es *war* ihm danach zumute. Er brauchte jeden Tag Sex, es war eine Gewohnheit wie der Kaffee oder Liegestütze am Morgen, eine Gewohnheit, die meisterlich zu beherrschen er sich rühmen konnte.

Angelo war nicht groß und kräftig wie seine zwei Brüder, er war eher schmal gebaut, fast schmächtig. Sein Gesicht war spitz, knochig, das dichte Haar trug er lang — ein wenig ausgeflippt sah er aus. Sein Gesicht zierte ein Bart à la Ché Guevara.

»Du siehst wie ein verdammter Kommunist aus«, schrie Enzio ihn oft an. »Warum läßt du dir die Haare nicht schneiden und kaufst dir anständige Klamotten — einen Anzug zum Beispiel. Warum kannst du nicht sauber und ordentlich aussehen wie deine Brüder?«

Angelo kleidete sich weiterhin so, wie es ihm beliebte. Es war die einzige Möglichkeit, wie er gegen seinen Vater protestieren konnte.

Die gesamte englische Presse hatte sich am Londoner Flughafen Heathrow eingefunden, um Rio Java zu empfangen. Sie war unumstrittene Königin des Untergrundfilms, Mode-Freak, Mutter von vier Kindern unterschiedlicher Hautfarbe — immer war sie im Gespräch. Ihr Ruf eilte ihr stets voraus.

Sie war über ein Meter achtzig groß, dünn, fast war sie als klapperdürr zu bezeichnen, hatte ein langes, dramatisches Gesicht, das dadurch, daß sie die Augenbrauen wegrasiert hatte und sowohl an den oberen wie unteren Lidern sehr lange, geschwungene, purpurrote falsche Wimpern trug, noch betont wurde. Ihrer Abstammung nach war sie zum Teil Cherokee-Indianer, zum Teil Louisiana-Hillbilly.

Als achtzehnjährige Heroinsüchtige war sie in einem Krankenhaus von Billy Express entdeckt worden, der gerade einen Film über Drogen mit dem Titel *Turn On* gedreht hatte. Seine Kamera beobachtete sie während der Behandlungszeit — der Entziehungskur — bei allem, was sie tat, und so wurde sie ein Star.

Über Nacht war sie ein Star geworden. Sie bekam von ihm ein Baby (die Geburt wurde natürlich gefilmt). Er war sehr reich, mit seinen mehr pornographischen Filmen hatte er ein Vermögen verdient.

Er nahm sie bei sich und seiner Gesellschaft auf, und fortan bewohnten sie gemeinsam ein elegantes New Yorker Stadthaus, in dem auch seine Mutter lebte.

Rio war ihm dankbar dafür, daß er sie vom Heroin weggebracht hatte, leistete ihm von nun an aber Gesellschaft bei seinen gewohnten LSD-Trips.

Es gab da auch noch einen jungen Chinesen, Lei mit Namen, der immer dann mit Billy das Bett teilte, wenn Rio es nicht tat. Als Rio und Billy zum erstenmal miteinander schliefen, hatte Billy großen Spaß daran, diese Szene zu filmen.

Das Ergebnis war, daß Rio wieder schwanger wurde, aber Billy war entzückt. Er liebte Kinder. Er hatte das ganze obere Stockwerk des Hauses für die Kinder einrichten lassen, und Rio bekam Zwillinge — zwei winzige Chinesenjungen.

Alle waren sie glücklich: Billy, seine stille, kleine Mutter, Lei, die Kinder und die Leute, die sie umgaben. Sie drehten Filme, feierten ausschweifende Partys und lebten in einer Art köstlichen, trunkenen Vakuums.

Eines Tages lernte Rio Larry Bolding kennen. Er war ein sehr ehrsamer, verheirateter Senator Mitte vierzig. Er kam auf eine von Billys Partys. Kaum hatte Rio dieses sonnengebräunte Gesicht, den Anzug, diese redlichen Augen erblickt, flippte sie richtig aus.

»Ben muß ich unbedingt haben«, flüsterte sie Billy zu.

»Nichts leichter als das«, erwiderte Billy, »schütte das hier in seinen Drink.«

In einem seltenen Moment von Klarheit entschied sie sich dagegen. Sie würde ihm nichts in seinen Drink kippen, sie wollte ihn so. Sie wollte, daß er sie wollte.

Er war nett, hatte ein gewinnendes Lachen. Sie brauchte eine ganze Weile, um ihn in ein Schlafzimmer zu lotsen, und noch länger dauerte es, ihn auszuziehen. Wie süß war er doch mit seinen gemusterten Jockeyshorts und seinem Unterhemd!

Rio versuchte einige ihrer Spezialitäten, er aber war mehr für das Direkte.

Das war der Anfang einer dreimonatigen Affäre, die mit Rücksicht auf seine Ehe geheimgehalten werden mußte. Rio sah das alles ein. Und so weltgewandt sie auch sonst war, sie glaubte ihm all den Mist, den er ihr auftischte: daß ihre Ehe nur noch nach außen hin bestand, usw. Sie sagte Billy, sie könne nicht mehr mit ihm schlafen, zog schließlich sogar aus und nahm ein Apartment in der Stadt, da es Larry sowieso nicht paßte, wie sie lebte. So war es ihm lieber, denn dann war die Sache privater. Billy gab ihr Geld, behielt die Kinder, und sie kam sie jeden Tag besuchen. Er wollte sie unbedingt für seinen nächsten Film haben, schließlich und endlich war sie sein Superstar.

Larry wollte nicht, daß sie arbeitete. Er wollte sie stets greifbar haben, denn er konnte nie genau sagen, wann es ihm möglich war, sie zu sehen.

Rio hatte sich richtig verliebt. Sie tat alles, was Larry wollte. Für ihn veränderte sie sich völlig, begann ein ordentliches Leben ohne Drogen, Partys, Saufereien, Vögeleien (außer mit ihm), ohne Schminke und ohne extravagante Kleidung.

Aber seine Besuche wurden immer seltener und schließlich stellte er sie ganz ein.

Rio war am Boden zerstört. Sie versuchte ihn zu erreichen, aber vergeblich, die Barrieren waren unüberwindbar. Eine Heerschar von Sekretärinnen und Mitarbeitern schirmten ihn ab; es gab keine Möglichkeit, ihn wissen zu lassen, daß sie ein Kind von ihm erwartete.

Sie schnitt sich die Pulsadern auf, wurde aber glücklicherweise von einer Nachbarin gefunden. Die Nachbarin war Margaret Lawrence Brown.

Rio brauchte lange Zeit, um damit fertig zu werden, wie sie von Larry Bolding behandelt worden war. Sie entwikkelte eine tiefe Abneigung gegen die Art, wie Frauen von Männern benutzt wurden. Sie lauschte Margarets Worten, und was sie sagte, kam ihr richtig vor. Sie rappelte sich wieder auf und bekam ihr Baby. Billy hätte sie gern wieder zu sich ins Haus geholt, aber sie war sich bewußt geworden, daß sie so wie früher nicht mehr leben wollte. Sie wollte die Kinder bei sich haben, aber Billy bestand darauf, daß sie bei ihm blieben. Es gab vor Gericht eine ausgedehnte Redeschlacht, und sie gewann. Sie bekam trotz der üblichen Beschimpfungen, die er in aller Öffentlichkeit auf sie niederprasseln ließ, die Kinder zugesprochen.

Alle waren in den Zeugenstand getreten und hatten ausgesagt, was für eine schlechte Mutter sie sei — alle ihre sogenannten Freunde.

Margaret Lawrence Brown war als ihre Zeugin aufgetreten, und dann hatte sie die Kinder bekommen.

Es war einer der größten Prozesse des Jahres, jedenfalls was die öffentliche Anteilnahme anging.

Danach wurde Rio mit Filmangeboten überhäuft. Jeder wollte sie für sich haben. Und sie begann wieder zu arbeiten und blickte kein einziges Mal mehr zurück.

Jetzt war sie in London, und zwar zu einem ganz bestimmten Zweck: Angelo Bassalino.

## 11

Obwohl sie alte Freunde waren, wollte Bosco Sam sein Geld zurück, plus Zinsen, aber Dukey K. Williams hatte das Geld einfach nicht.

Dukey hing tatenlos in New York herum. Er lebte immer noch in der Wohnung, in der er mit Margaret zusammengelebt hatte.

»Jetzt reiß dich zusammen, Mann, wir müssen wieder was tun«, bettelte sein Manager täglich.

»Sag alles ab«, erwiderte ihm Dukey darauf, »ich brauche eine Weile Ruhe, um wieder klare Gedanken fassen zu können.«

Also wurden alle Termine, eine Europatournee und wichtige Schallplattenaufnahmen gestrichen.

Mehrere Promoter drohten mit gerichtlichen Schritten.

Dukey machte keinen Pfennig Geld, und das Geld, das durch Schallplattenverkäufe hereinkam, wanderte sofort in die Tasche von Exfrau Nummer eins und seinen beiden ›Ex-Kindern‹. Er nannte sie Ex-Kinder, weil seine Frau einen richterlichen Beschluß bewirkt hatte, der ihm verbot, seine Kinder zu besuchen.

Dukey rief Bosco Sam an. »Ich hab' dir einen Vorschlag zu machen«, sagte er.

»Ich will mein Geld«, antwortete Bosco Sam und fuhr dann gönnerhaft fort: »Wenn du's nicht wärst, Dukey . . .«

Sie hatten zusammen die Schulbank gedrückt.

»Treffen wir uns«, schlug Dukey vor, »es wird dich interessieren.«

»Okay, okay, wir Nigger müssen zusammenhalten.«

Sie trafen sich am Zoo. Bosco Sam traf sich nie privat, ein Tick von ihm. Alle seine wichtigsten Besprechungen fanden an öffentlichen Plätzen statt.

»Hier werde ich wohl keine ruhige Minute haben«, argwöhnte Dukey. Aber es war ein kalter Oktobermorgen, und der Central Park Zoo war fast menschenleer.

Die beiden Gestalten waren kaum zu übersehen: Dukey in seinem wadenlangen Nerztrenchcoat mit Gürtel, Stiefeln und riesiger Sonnenbrille, und Bosco Sam, ein kamelhaarmantelbekleidetes Schwergewicht von hundertzwanzig Pfund.

»Verdammter Park«, sagte Bosco Sam, »der einzige Ort, an dem man noch Geschäfte aushandeln kann.«

»Hör mal zu, was ich dir vorschlage«, sagte Dukey, während sie vor dem Affenkäfig auf und ab schlenderten. »Die Spatzen pfeifen's von den Dächern, daß du mit den Crowns zusammengehen willst. Ihr seid euch einig, und Frank Bassalino soll's an den Kragen gehen. Na denn, nicht so schwer. Aber was hältst du davon, daß ich das Ding für euch drehe? Frank, die Brüder, Enzio. Die ganze Bande.«

»Du?« fragte Bosco Sam und begann zu lachen.

»Menschenskind«, sagte Dukey, »sei nicht so dämlich, klingst wie 'n Elefantenfurz.«

Jetzt schüttelte sich Bosco Sam vor Lachen.

»Hör zu«, sagte Dukey, »ich will dich nicht verscheißern, ich mein's ernst. Für die zweihunderttausend Piepen mußt du keinen Finger rühren. Du, ihr alle braucht euch nicht die Hände schmutzig zu machen, kapiert? Können ruhig an eure Tür klopfen, die Polypen, könnt mit reinem Gewissen in die Polizeistation reinmarschieren. Braucht niemand was zu wissen über unseren Handel außer dir und mir.«

»Hm«, macht Bosco Sam nachdenklich, »hm . . .«

»Alles wird bestens laufen. Kannst ganz gemütlich warten, bis alles in die Luft geflogen ist. Und du hast 'ne reine Weste, keiner wird dich verdächtigen.«

Bosco Sam begann wieder zu lachen. »Bist immer noch große Klasse — verflixt großer Star, aber immer noch gerissen wie 'n Puerto-Rico-Schwanz!«

»Ich lass' dafür auch 'n paar Lieder los, wenn deine Tochter heiratet.«

»Sie ist erst zehn.«

»Werde zur Stelle sein. Also, wie steht's, alles klar?«

»Hm, ja, werd's dich wissen lassen. Aber Fakten, sonst gilt's nicht. Wen nimmst du dir?«

»Hab' da zwei im Sinn.«

Bosco Sam spuckte aus. »Nimm Leroy Jesus Bauls. Der kostet dich zwar 'nen Brocken, der schwarze Hurensohn kennt aber keine Angst, heißt ja auch bei allen ›Black Balls‹.«

Einer der Affen ließ einen lauten Schrei los.

»Scheiße!« schimpfte Dukey, »der verdammte Affe hat mich vollgepißt!«

## 12

Langsam aber sicher begann Lara Nick einzukreisen.

Sie sahen sich das nächste Mal auf der Party, die Susie und Les für Lara gaben, und dann wieder bei der Premiere des neuen Warren-Beatty-Films.

Lara ging regelmäßig mit Sammy Albert aus, aber sie ließ ihn nicht näher an sich ran, denn sie hatte keine Lust, sich aus reinem Zeitvertreib mit jemandem sexuell einzulassen. Auf ihren Vorschlag hin lud Sammy April und Nick zum Essen ins Bistro ein.

Überzeugt davon, daß sie am heutigen Abend nachgeben würde, war Sammy blendender Laune. Lara trug ein schwarzes Samtjackett von Yves Saint Laurent und darunter eine hochgeschlossene schwarze Chiffonbluse, die, blickte man genau hin, durchsichtig war. Sie trug keinen Büstenhalter, und die Wirkung war ungeheuer sexy, denn wenn sie sich bewegte, bewegte sich auch das Jackett, legte die Brüste frei und schloß sich dann wieder darüber.

»Mal siehst du sie, mal siehst du sie nicht«, verkündete Sammy stolz zu Beginn des Abends.

Nick und April begannen in gespannter Stimmung zu essen. Gelegentlich machte April spitze Bemerkungen, aber natürlich nur im Flüsterton, denn nie hätte sie sich soweit gehenlassen, durch eine offene Eifersuchtsszene ihr Image aufs Spiel zu setzen.

Aber der Champagner, auf dem Sammy bestanden hatte, begann seine Wirkung zu zeigen. »Hör auf, ihre verdammten Titten anzustarren!« zischte sie.

Nick, der sich große Mühe gegeben hatte, nicht hinzusehen, war verletzt. »Jetzt reg dich bloß nicht auf«, murmelte er.

»Reg dich nicht auf!« äffte April ihn nach, »was meinst du wohl mein Kleiner, mit wem du redest?«

»Genau mit dir rede ich, und du hast für heute genug gehabt.« Er hielt sie am Handgelenk fest, als sie nach ihrem Glas griff und es an ihren Mund führen wollte. Wütend versuchte sie sich freizumachen, worauf der Champagner überschwappte und sich über den Ärmel ihres Kleides ergoß.

»Ach je!« Lara war als erste zur Stelle und rieb mit einer Serviette den Ärmel trocken. »Hoffentlich bleibt kein Fleck.«

»Ach, das ist nur ein ganz altes Kleid«, sagte April. Sie hatte ihre Fassung wiedergewonnen und lächelte. »Nick, du bist manchmal so ungeschickt!« Damit wandte sie sich Sammy zu, der auf der anderen Seite neben ihr saß.

Lara blickte zu Nick hinüber und lächelte ihn teilnahmslos an. Er lächelte zurück und ließ dann seinen Blick kurz zu ihren Brüsten hinabgleiten. Wenn man ihm schon deswegen Vorwürfe machte, dann konnte er ja wohl wenigstens hinsehen. Sie blickte ihn noch immer an, aber ihr Lächeln war verschwunden, ihr Blick war prüfend und interessiert.

Er fühlte eine plötzliche unbequeme Enge in seiner Hose, ein Gefühl, das er bereits vor vielen Jahren zu kontrollieren gelernt hatte. Du lieber Himmel, das war vielleicht eine Frau! Er fuhr ganz schön auf sie ab! In dem Jahr, seitdem er mit April zusammen war, hatte er nur zweimal Gelegenheiten, die sich geboten hatten, am Schopf gepackt. Einmal auf einer Geschäftsreise nach Las Vegas, ein gesichtsloses Showgirl mit unglaublichen Beinen. Das andere Mal war es ein Mädchen gewesen, das er an einem der seltenen Nachmittage, die er allein verbrachte, am Strand kennengelernt hatte. Keines der beiden Mädchen hatte gewußt, wer er war. Auf diese Weise ging er kein Risiko ein, daß April etwas erfuhr.

»Gehen wir in die Diskothek«, schlug Sammy vor.

»Ja, eine ausgezeichnete Idee«, sagte April. Sie kippte bereits das nächste Glas Champagner hinunter.

Nick versuchte nicht, sie zurückzuhalten. Sollte sie doch heute selbst auf sich aufpassen, sollte sie sich doch richtig die Hucke vollsaufen. Morgen früh würde sie es bereuen.

In der Diskothek tranken sie noch mehr Champagner, und Lara stellte fest, daß sogar Nick trank, etwas was sie nie zuvor bei ihm gesehen hatte.

Sie tanzte mit Sammy und war von seiner zuckenden,

fast obszönen Art sich zu bewegen unangenehm berührt. Einen Vorzug hatten europäische Männer wirklich: sie wußten sich beim Tanzen zu beherrschen. Sammy vollführte tollpatschige Sprünge wie ein Elefantenbaby.

Als sie auf ihren Platz zurückkehrte, wurde sie von April aufgefordert, gemeinsam die Damentoilette aufzusuchen. Sie ging mit; eigentlich war sie ja bis jetzt ganz freundschaftlich mit April ausgekommen.

»Ich glaube, Sie haben recht, meine Liebe«, bemerkte April, »sehen Sie sich mein Kleid an, es ist bereits trocken, und der Champagner hat auch keinen Fleck hinterlassen. Haben Sie einen Kamm?«

Sie standen Seite an Seite und betrachteten sich in dem breiten Wandspiegel. April hätte leicht Laras Mutter sein können, aber das bemerkte sie nicht. Für sie war ihr eigenes Spiegelbild genauso wohlgeformt und jugendlich wie das des Mädchens neben ihr.

»Ist Sammy nicht ein Schatz?« sagte sie, »und so amüsant. Ich hoffe, Sie sind sich im klaren, wie glücklich Sie sich schätzen können.«

»Wie meinen Sie das?« fragte Lara.

»Ja, meine Liebe, die Frauen sind wie wild hinter ihm her, aber ich sehe, daß er ganz verrückt nach Ihnen ist.«

Laras Mund verzog sich zu einem Lächeln, sie wußte, was jetzt kommen würde.

»Richtige Männer gibt es nur sehr wenige in dieser Stadt«, fuhr April elegant hicksend fort, »ich muß es nämlich wissen, weil ich mit vier von ihnen verheiratet war. Nehmen Sie zum Beispiel Nick, ein gutaussehender Mann, und was er zu bieten hat. Er ist mehr als nur ein guter Liebhaber. Ganz unter uns gesagt, ich verlange nämlich etwas mehr von einem Mann. Sie verstehen, was ich meine?«

Lara nickte. »Ja, ich verstehe, was Sie meinen.« Was

April wirklich sagen wollte, war: Bleib bei deinem Sammy und laß die Hände von Nick!

April betrachtete eingehend ihre Zähne im Spiegel. »Ihre Bluse gefällt mir ganz ausgezeichnet, meine Liebe, Sie müssen mir sagen, wo Sie sie gekauft haben. Nick fliegt allerdings nicht so sehr auf Busen, eher auf Beine.« April hob ihren Rock und entblößte ihre immer noch perfekten Beine. »Allerdings bezweifle ich sehr, ob er mich mit so einem Oberteil herumlaufen ließe. In dieser Hinsicht ist er sehr prüde, das ist die italienische Seite an ihm. Aber genug davon, zurück zum Champagner.«

Lara blieb noch eine Weile in der Damentoilette. *Ihr* brauchte April nichts über italienische Männer zu erzählen, sie waren nur dann prüde, wenn man ihre Frau war. Ob Nick wohl April heiraten wollte? Für ihr Alter war sie immer noch eine gutaussehende Frau, und dann kam natürlich noch dazu, daß sie berühmt war. April Crawfords Name hatte den gleichen Rang wie Lana Turner, Ava Gardner und die andere berühmte Crawford. Lara wußte eine Menge über Nick, aber sie mußte noch viel herausbekommen.

Als sie zu den anderen zurückging, tanzte April gerade mit Sammy. Sie zog ihre Jacke aus, und Nick ließ seinen Blick über sie gleiten.

»Möchten Sie tanzen?« fragte er.

Sie nickte. Sie erhoben sich, und er nahm sie am Arm und dirigierte sie zu der kleinen, gestopft vollen Tanzfläche. Ein Song von Curtis Mayfield lief auf vollen Touren.

Sich nicht aus den Augen lassend, gingen sie die ganze Skala der rituellen Bewegungen durch. Er war ein guter Tänzer, straff, kontrolliert, ungezwungen. Die Musik war so laut, daß eine Unterhaltung unmöglich war. Dann plötzlich wechselte die Musik, und Isaac Hayes sang *Never Can Say Goodbye* — langsam, gefühlvoll, sinnlich.

Nick blickte sie mit seinen braunen Augen verlangend

an. Langsam zog er sie zu sich heran, und seine Nägel gruben sich in die nackte Haut unter dem schwarzen Chiffon. Lara erwiderte seinen Blick, und als sie ihm ganz nahe war, spürte sie den Beweis für den Reiz, den sie auf ihn ausübte. Die Musik, seine Männlichkeit — einen kurzen Moment lang wünschte sie, alles vergessen und nur mit diesem Mann zusammen sein zu können. Sie gab dem Gefühl nach und schmiegte sich eng an ihn.

»He, Baby, ich muß dir nicht erst sagen, wie mir zumute ist«, murmelte er, »nein, ich muß dir's nicht sagen — du weißt es, du hast es von dem Augenblick an gewußt, als wir uns das erste Mal sahen.«

Sie schaffte es, ihn ein wenig von sich wegzuschieben, und schüttelte langsam den Kopf.

»Ich muß dich treffen«, sagte Nick. »Wollen wir morgen zusammen zu Mittag essen? Wir könnten uns irgendwo am Strand treffen, irgendwo, wo nicht soviel los ist und uns niemand sehen kann.«

»Moment mal«, Lara schob ihn nun ganz von sich weg, und sie blieben inmitten der wogenden Menge stehen, »*ich* kann mich jederzeit mit dir treffen, *ich* bin nicht angebunden.«

Nick zog sie zu sich zurück. »Hör zu, Mädchen, du weißt genau, daß ich mit April zusammen bin. Sie ist 'ne nette kleine Frau, und ich möchte sie auf keinen Fall verletzen.«

»Dann tu's auch nicht«, sagte Lara spitz. Sie hatte sich wieder ganz unter Kontrolle.

»Tu nur nicht so«, sagte Nick, »dir geht's genauso wie mir, ich weiß es ganz genau. Wenn meine Hand in diese enge Hose da schlüpfen dürfte, könnte ich es dir beweisen, du würdest . . .«

Sie schnitt ihm das Wort ab, ihre Augen waren groß und verlockend. »Ich streite es nicht ab. Laß uns auf der Stelle gehen. Sag du April auf Wiedersehen, und ich gebe

Sammy einen Kuß auf die Backe. Dann zieh ich meine engen Hosen für dich aus und . . .«

»Miststück!« Er war verärgert.

Ihre grünen Augen glühten. »Ich bin kein Miststück, ich bin nur ehrlich. Wenn wir einander so sehr begehren, was gibt es dann für Hinderungsgründe?«

»Du kennst die Gründe ganz genau«, stöhnte er.

»Ja, und es liegt in deiner Hand.« Lara verließ die Tanzfläche und gesellte sich zu den anderen. Sie war zufrieden, wie die Dinge liefen. Es war ein Anfang.

## 13

Der einzige Tag, an dem Beth Frank sah, war Sonntag. Ganz offensichtlich war es der einzige Tag, an dem er zu Hause war. Während der Woche war er morgens bereits auf und davon, noch bevor jemand wach war, und abends kam er heim, wenn der ganze Haushalt bereits schlief.

Sonntag war der Tag, den er mit seinen Kindern verbrachte. Morgens pflegte er mit ihnen in den Park zu gehen, kehrte dann mittags zu einem riesigen Mittagessen zurück, das aus verschiedenen Teiggerichten bestand und von Anna Maria am Vormittag zubereitet worden war. Am Nachmittag spielte er hingebungsvoll mit ihnen, war ganz versunken in ihre Interessen. Die Knaben spielten am liebsten mit ihren Autos und der Eisenbahn, mit der sechsjährigen Tochter — offensichtlich sein Liebling — spielte er Gesellschaftsspiele, und mit der Zweijährigen baute er komplizierte Gebilde auf.

Er war ein guter Vater, wenn man jemanden, der einen Tag in der Woche seinen Kindern widmet, einen guten Vater nennen kann.

Anna Maria war eine ruhige, fast konnte man sagen

dumme junge Frau. Sie verspürte kein besonderes Verlangen, Englisch zu lernen. Frank und die Kinder sprachen mit ihr Italienisch, und da Frank und die Kinder ihren ganzen Lebensinhalt ausmachten, wozu dann auch? Sie verbrachte ihre Tage mit Backen, Nähen oder schrieb Briefe an ihre Familie in Sizilien. Das Haus verließ sie höchst selten.

Beth fand ihren Job ausgesprochen langweilig. Die Kinder waren wohlerzogen. Sie gab ihnen eine Stunde Englischunterricht pro Tag, und es schien ihnen Spaß zu machen, sogar den Kleinen. Sonst gab es nicht viel mehr zu tun. Die größeren Kinder gingen zur Schule, und die Zweijährige schlief nach dem Mittagessen.

Nach zwei Wochen traf sie sich mit Cass. »Ich fürchte, es wird nicht klappen«, sagte sie, »ich kriege ihn niemals zu Gesicht.«

Cass nickte. »Es ist sowieso eine verrückte Idee. Ich finde, du solltest aufhören, mitzumischen.«

Beth dachte an die Kommune, ihre eigenes Kind und an ihre Freunde. Es war ein verführerischer Gedanke, Cass rechtzugeben, die Sachen zu packen und abzuhauen. Aber das hieße, eine Niederlage zugeben, und Beth wollte ihre Sache genauso zu Ende bringen wie die anderen.

»Wie geht's bei Lara und Rio, kommen sie voran?« fragte sie.

»Alles scheint gut zu laufen«, antwortete Cass. »Ich habe mich für heute abend mit Dukey verabredet. Sicherlich wird er, was dich betrifft, mit mir einverstanden sein. Du solltest dich raushalten.«

»Warum?« Beths Gesicht rötete sich. »Ich bin Margarets Schwester. *Ich* möchte ebenso etwas tun wie die anderen.«

»Beth, du bist nicht der Typ dafür, dich in so etwas einzulassen, das habe ich von Anfang an gesagt.«

»Aber ich habe mich darauf eingelassen, und ich will nicht aussteigen.«

An diesem Abend wartete Beth. Sie zog ein langes, weißes, jungfräuliches Baumwollnachthemd mit Rüschen an. Sie bürstete ihr glattes blondes Haar und ließ es offen hängen. Sie sah sehr jung und hübsch aus.

Von ihrem Zimmer aus konnte sie die Vorderseite des Hauses überblicken. Um zwei Uhr nachts fuhr ein Wagen mit drei Männern vor. Zwei stiegen aus und gingen zur vorderen Eingangstür, dann kehrte einer wieder zum Wagen zurück, worauf dieser wegfuhr. Frank war endlich eingetroffen.

Sie blieb am Fenster stehen, ihr Mund war vor Angst wie ausgetrocknet. Sie kannte Franks Gewohnheiten. Er ging in seinen Ankleideraum, wo er sich umzog, und dann in die große, altmodische Küche, wo er sich Kaffee und Toast zubereitete.

Ein zweiter Wagen fuhr langsam mit Abblendlicht am Haus vorbei. Zwei Männer saßen darin. Frank schien sich Leibwächter zu halten, die auf die Leibwächter aufzupassen hatten.

Immer noch stand sie wartend da, unbeweglich und leicht fröstelnd. Was, wenn sie in die Küche ging und er sie wollte? Was dann? Sie hatte keine Ahnung, wie man Leute dirigierte, die Fäden in der Hand hielt. Sie war weder Lara noch Rio. Frank Bassalino war ein harter, starker Mann. Wie mußte man es anpacken, einen solchen Mann zu zerstören?

Sie dachte an Margaret, sie dachte an den Mann, der den Auftrag gegeben hatte, sie zu erschießen. Sie hatte sich entschieden, was zu tun war.

Frank brütete gedankenschwer vor sich hin. Probleme, wo man nur hinsah. Die Bullen drängten: entweder mehr Geld oder mehr Unannehmlichkeiten. Die Crown Gang stiftete Unruhe, man mußte etwas dagegen unternehmen. Enzio machte ihn noch völlig verrückt, ständig rief er ihn an und warf ihm dies oder jenes vor. Überall mußte er seine Spione sitzen haben. Eigentlich hatte er sich ja aus dem Geschäftsleben zurückgezogen, warum mußte er trotzdem seine Nase immer noch überall hineinstecken?

Und außerdem gab es noch Ärger in Sachen Schutzgelder. Mehrere Restaurants und Clubs, die unter Frank Bassalinos ›Schutz‹ standen, waren dabei, sich abwerben zu lassen.

In letzter Zeit hatte es ein paar unglückliche Zwischenfälle gegeben, und die Besitzer bestimmter Etablissements begannen sich zu fragen, warum sie der Polizei *und* Frank Bassalino etwas für ihre Sicherheit zahlen sollten und weiterhin Gefahr liefen, geschädigt zu werden oder in die Luft zu fliegen.

Frank vermutete, daß eine Nigger-Organisation dahintersteckte, deren Chef Bosco Sam, der Rauschgiftkönig, war.

Das Gerücht ging um, daß Bosco Sam große Pläne hatte, sich in die Bassalino- und Crown-Geschäfte hineinzudrängen.

Frank hatte Bosco Sam wissen lassen, er sei bereit, sich mit ihm an einen Tisch zu setzen und mit ihm zu verhandeln.

In der Zwischenzeit war es gelungen, die Clubs und Restaurants davon zu überzeugen, daß es in ihrem eigenen Interesse sei, die Zahlungen aufrechtzuerhalten. Frank war zuversichtlich, mit diesem Problem allein fertig zu werden.

Und zu Hause war da noch Anna Maria, mit einem so aufgeblähten Bauch, daß keine anständige Fickerei mehr drin war. In letzter Zeit war wirklich einiges schiefgelaufen. Für Esther war ein neues Mädchen gekommen. Esther wußte, wie er war, also hatte er angenommen, sie wüßte, was sie erwartete. Ein dunkeläugiges, vollbusiges Mädchen mit mächtigen Schenkeln. Er hatte sie umgedreht und sie von hinten gestoßen. Langsam zehn Stöße, und dann wumm. Er hatte ihren Kopf zurückgebogen und angefangen, sie zu schlagen, er hatte sie in die Brüste gekniffen und ihr auf die Arschbacken geklatscht.

Als er grober geworden war, hatte sie angefangen, sich zu wehren, und das hatte ihm Spaß gemacht. Dann hatte sie aber zu schreien angefangen, und ihre Nase hatte geblutet — ein schöner Schlamassel. Das Mädchen hatte nach der Polizei geschrien, und er hatte eine ganze Weile gebraucht, um sie wieder zu beruhigen.

Ärgerlich und verstimmt war er gegangen. Sehr wenig erfreulich war das gewesen. Vor zwei Wochen war das gewesen, und nun mußte er sehen, wie er bei Anna Maria zurechtkam.

Ach, am Anfang war sie so anders gewesen — lieblich, jung, unberührt, unschuldig. An diesem Punkt seiner Gedankengänge kam Beth in die Küche herein.

»Entschuldigen Sie bitte«, sagte sie, »ich habe nicht gewußt, daß jemand auf ist. Ich konnte nicht schlafen, und da dachte ich, ich könnte mir ein bißchen Milch warm machen.«

»Warme Milch ist für alte Jungfern«, sagte Frank langsam. Er hatte niemals bemerkt, wie hübsch sie war.

Sie lachte nervös und nahm die Milch aus dem Kühlschrank.

Er beobachtete sie, als sie sich bückte, einen Topf aus dem Schrank nahm und die Milch hineinschüttete. Sie schminkte sich nicht, er haßte Schminke an Frauen. Das erinnerte ihn sofort an geile, schmutzige Nutten in schwarzen Büstenhaltern und Strumpfgürteln. Die Art, die sein Vater bevorzugte. Nutten, mit denen sein Vater ihn bekannt gemacht hatte, als er dreizehn Jahre alt gewesen war.

»Der Job okay?« erkundigte sich Frank.

»Ja, danke, Mr. Bassalino.« Eifrig rührte sie im Kochtopf, ein Vorhang aus feinem blondem Haar verdeckte ihr Gesicht.

»Anständig, die Kinder?«

»Ja, es sind sehr nette Kinder.« Sie wandte den Kopf, um ihn anzusehen, und ihm gefiel ihr sauberes, gewaschenes Gesicht.

Da wußte sie, daß er bereit war. Wenn sie sich nur durchringen und ihren Widerwillen überwinden könnte.

»Du bist ein hübsches Mädchen«, sagte Frank, »wie kommt's, daß du dich verkriechst und Kinder hütest?«

»Ich hab' das ruhige Leben gern.«

Die Milch begann zu kochen, und Beth beobachtete, wie sie brodelte und bis zum Topfrand aufschäumte, sich über den Topfrand und auf ihre Hand ergoß.

In echtem Schmerz schrie sie auf.

Frank wollte sagen: »Was, zum Teufel«, aber dann sah er, was sie angerichtet hatte, und er kühlte ihre Hand mit dicken Butterschichten.

»Es tut mir leid.« Sie blickte ihn aus sehr blauen, erschreckten Augen an. »Wahrscheinlich war ich nicht richtig bei der Sache.«

Sie standen sehr nahe beieinander, so dicht, daß sie, seinen Körperdunst einatmend, am liebsten davongelaufen wäre. Aber statt dessen näherte sie sich noch mehr, und ohne vorherige Warnung faßte er sie unter die Arme, hob sie wie ein Kind hoch und küßte sie – erst langsam, dann fester, härter.

Sie sagte gar nichts, ließ ihre Lippen trocken, geschlossen, ein wenig gekräuselt.

»Du lieber Gott!« sagte er. »Du bist so leicht, so leicht wie eins meiner Kinder. Und du kannst noch nicht mal küssen. Wie alt bist du?«

Sie fühlte sich in seinen Armen wie eine Gefangene. Er hatte eine solche Kraft, daß sie das Gefühl hatte, er könnte sie zerquetschen, wenn er nur wollte.

»Ich bin zwanzig«, flüsterte sie.

»Warst du schon mit einem Mann zusammen?«

»Mr. Bassalino, bitte, Sie tun mir weh, bitte lassen Sie mich los.«

Er ließ sie unverzüglich los. »Du weißt, was ich tun will?« fragte er mit belegter Stimme.

Sie nickte und senkte schnell die Lider.

»Gut, dann geh in dein Zimmer, niemand wird etwas merken. Hast du's vorher schon mal gemacht?«

Er hoffte, sie würde nein sagen. Seit Anna Maria hatte er keine Jungfrau mehr gehabt. Tatsächlich waren alle Frauen, mit denen er zu tun gehabt hatte, Nutten gewesen.

»Ich bin nicht mehr Jungfrau«, sagte Beth. Die einstudierten Sätze kamen ihr leicht über die Lippen. »Einmal habe ich es getan, da war ich noch sehr jung – erst zwölf. Mein Stiefvater, er war betrunken. Ich verstand damals nicht, was er von mir wollte. Ich bekam ein Baby. Seitdem hat es keinen mehr gegeben.«

Frank nahm die Auskunft schweigend auf. Sie gefiel ihm. Ein einziges Mal mit einem betrunkenen Verwandten – das zählte kaum. Und erst zwölf war sie damals gewesen. Er ließ die Hand unter das Mieder ihres Nachthemds schlüpfen.

»Mr. Bassalino, ich kann nicht.« Ihre Augen waren vor Angst weit aufgerissen. »Ihre Frau, die Kinder, es ist nicht richtig . . .«

»Ich bezahle dich dafür.« Er beobachtete sie scharf. »Hundert Dollar – bar auf die Hand. Was hältst du davon?«

Sie schüttelte den Kopf. »Ich glaube, Sie verstehen mich nicht. Ich finde Sie sehr anziehend, aber die Umstände erlauben es nicht. Ich bin bei Ihnen angestellt und habe Ihr und Ihrer Frau Vertrauen. Wenn wir beide – Sie wissen schon, was ich meine – wie könnte ich mir morgen selbst gegenübertreten?«

Frank war beeindruckt von der Anständigkeit des Mädchens. Nur wenige Leute mit Skrupeln kreuzten seinen Weg — eine erfrischende Abwechslung. Jedoch löste das nicht sein Problem.

»Was hältst du davon, wenn ich dich rausschmeiße?« sagte er.

Sie schüttelte den Kopf. Ihr weiches blondes Haar faszinierte ihn, er hätte es gern um seine Füße geschlungen — auch um andere Körperteile. Er wollte sie unbedingt haben.

»Sag, was willst du?« fragte er. Aus Erfahrung wußte er, daß die Leute immer etwas wollten.

»Ich will gar nichts«, sagte sie sehr ruhig. »Ich wußte, als ich Sie zum erstenmal sah, daß ich die Stelle nicht annehmen sollte. Sie sind der erste Mann, von dem ich wußte, daß er anders war, daß er mich verstehen würde. Sie sind der erste Mann, den ich haben wollte, und da Sie verheiratet sind, geht es eben nicht.«

Er umschlang sie erneut mit seinen starken Armen und begann sie zu küssen, seine Hände fuhren über ihren Körper. Ihr Zappeln war vergeblich, er war sogar noch stärker als der Mann, der sie vergewaltigt hatte.

Sie war erschöpft, fühlte sich aber fast erleichtert. Es würde bald soweit sein, er wollte es, und sie hatte es so geplant.

Sie merkte kaum, wie er sie in ihr Zimmer trug. Fortwährend murmelte er, daß alles in Ordnung, daß alles so ganz richtig sei. Sie war froh, vorher ein wenig Gras geraucht zu haben, das hatte allem die Spitze genommen, sie lockerer gemacht.

Er streifte ihr das Nachthemd ab, verschloß die Tür, zog sich hastig aus. »Ich tu' dir nicht weh«, murmelte er, »es wird nicht wie das letzte Mal sein.«

Sie wich vor dem Gewicht seines Körpers zurück und kniff ihre Augen fest zusammen, als er ihre Beine auseinanderschob. Und dann fühlte sie ihn — die Spannung war wie weggeblasen, und sie mußte fast lächeln.

Frank Bassalino war vom Schicksal mit dem Schwanz eines Zehnjährigen bedacht worden.

## 14

Leroy Jesus Bauls stand unbeweglich an der Eingangstür des Restaurants. Seine harten, zimtfarbenen Augen glitten langsam über die darin sitzenden Gäste und blieben schließlich an einem Mann hängen, der an einem Ecktisch saß.

Der Restaurantbesitzer stürzte mit offenem Mund auf Leroy zu, um ihm unmißverständlich klarzumachen, daß kein Platz frei sei. Es war ein vornehmes Restaurant, Schwarze waren hier nicht gern gesehen, selbst wenn sie gut gekleidet waren und nach Geld aussahen wie Leroy.

Aber noch bevor der Besitzer ihn erreichte, hatte Leroy das Paket, das er bei sich trug, abgesetzt, ihm einen schnellen Stoß in Richtung des Ecktischs gegeben, kehrtgemacht und war verduftet.

Der Besitzer des Restaurants hatte sich erschrocken an den Kopf gegriffen und war in die Ecke gelaufen, wo das Paket gelandet war.

Noch am gleichen Abend brachte das Fernsehen einen ausführlichen Bericht über das Unglück. Auf den *Magic Garden,* ein bekanntes Restaurant in Manhattan, war ein Sprengstoffanschlag verübt worden. Es hatte vierzehn Tote und vierundzwanzig Verletzte gegeben. Die Polizei verfolgte mehrere Spuren.

Leroy Jesus Bauls sah sich den Bericht im Fernsehen an. »Scheiße«, murmelte er vor sich hin und schaltete ab.

»Was hast du gesagt, Süßer?« fragte ihn ein umwerfend schönes schwarzhäutiges Mädchen. Es war Mitte zwanzig, hatte gelocktes, kastanienbraunes Haar und große, braune Augen.

»Nichts«, antwortete Leroy, »nichts, was dich interessieren könnte.«

»Alles von dir interessiert mich«, flüsterte das Mädchen, schmiegte sich von hinten an Leroy und streichelte sein Haar.

Ungeduldig schüttelte er es ab. Wie schön wäre es, ein Mädchen zu finden, das die Finger von ihm ließ.

Leroy war zweiundzwanzig, ein Meter einundneunzig groß, schmal gebaut, aber äußerst stark. Die ebenmäßigen Gesichtszüge hatte er von seiner schwedischen Mutter geerbt, die dunkle, schokoladenbraune Haut von seinem Vater, der aus Jamaika stammte.

Er war stets tadellos gekleidet: Anzüge, Westen, Seidenhemden. Sogar seine Socken und Shorts waren aus reinster Seide.

Schwarz war seine bevorzugte Farbe, bei Kleidern, Frauen, Autos, Möbeln.

Seine Mutter hatte ihm den Geschmack für das Teure vermittelt, seine Mutter hatte ihm auch für sein ganzes Leben den Zutritt zu den Weißen verbaut.

»Könnten wir heute abend ins Kino gehen?« fragte das Mädchen, »in die Nachtvorstellung, ich muß morgen nicht arbeiten, also . . .«

»Geht nicht, Melanie«, antwortete Leroy ruhig, »muß heute noch arbeiten.«

»Was machst du?« erkundigte sich Melanie. Sie kannte ihn seit drei Wochen, schlief seit zwei Wochen mit ihm und wußte immer noch nicht viel mehr über ihn, als daß er eine schöne Wohnung und eine Menge Geld hatte, und daß es interessant war, mit ihm zusammen zu sein.

»Ich hab' dir schon mal gesagt, sei nicht so neugierig«,

sagte Leroy mit tonloser Stimme. »Verhandlungen, geschäftliche Angelegenheiten — ich mache Sachen, die dich kaum interessieren würden.«

»Ah.« Melanie schwieg eine Weile, dann fragte sie: »Wann mußt du weggehen?«

»Später.«

»Ich könnte auch hierbleiben und das Bett warmhalten. Ich muß ja morgen nicht früh aufstehen, also könnte ich die ganze Nacht bleiben. Möchtest du, daß ich bleibe?«

»Ja, aber ein anderes Mal.«

Melanies Augen schwammen in Tränen, sie spürte, daß er sie loswerden wollte. »Du hast eine andere Freundin«, zeterte sie, »du gehst aus, weil du dich mit einer anderen verabredet hast.«

Leroy seufzte. Sie waren alle gleich, wirklich erstaunlich. Warum konnte er kein Mädchen finden, was vernünftig blieb. Er suchte sich seine Freundinnen immer sehr sorgfältig aus. Keine Nutten, Fixerinnen oder Mädchen, die sonst irgendwie nicht ganz koscher waren. Er ging mit schwarzen Mannequins, Schauspielerinnen oder Sängerinnen aus. Melanie zum Beispiel war kürzlich als Titelfoto von *Cosmopolitan* erschienen, und das Mädchen vor ihr war Zweite beim ›Miß Black America‹-Wettbewerb geworden.

»Sei doch vernünftig«, fuhr Leroy Melanie an, als diese in lautes Weinen ausbrach, »deine schönen Augen werden ganz rot und verschmiert, und das kann ich gar nicht leiden.«

»Soll ich also bleiben?« fragte Melanie in Tränen aufgelöst.

Leroy schüttelte den Kopf. »Ich hab's dir doch schon gesagt, oder? Ich bin heute geschäftlich unterwegs.«

## 15

Rio zog Freaks und Lesbierinnen an wie eine läufige Hündin Rüden. Sie umschwärmten sie in kleinen, aufgeregten Gruppen, extravagant ausländisch gekleidet, *high* von allem, was ihnen so in die Hände fiel, tratschsüchtig, boshaft.

Rio störte es nicht. Sie kam mit jedem gut aus, wenn die gegenseitige Beziehung nur einigermaßen warm und großzügig war. Sie suchte in jedem nach dem Guten, und wenn sie nichts fand, dann suchte sie noch einmal.

Rechtschaffene Männer waren ihre einzige Schwierigkeit. Wie Larry Bolding zum Beispiel. Sie fand, daß sie so voll lächerlicher Rücksichtsnahmen waren, so voll Unaufrichtigkeit und anderem derartigen Schiet. Es widerte sie an. In ihrer Gesellschaft wurde sie kratzbürstig und hart.

Rio war vorher noch nie in London gewesen, aber sie hatte dort Freunde, die sehnsüchtig auf ihre Ankunft warteten: Peaches, das sagenhaft schöne, blonde Modell, das einst ein Mann gewesen war, und Perry Hernando, ein homosexueller mexikanischer Sänger, stets in London auf Achse, um neue Talente zu entdecken.

Sie kamen zusammen mit anderen in ihr gemietetes Apartment, brachten Champagner mit und rauchten irgendein unglaubliches Zeug, das eine mittelalterliche amerikanische Lady in tiefausgeschnittenem Schwarz zutage beförderte. Dann brachten sie in Autos und Taxen Rio triumphierend ins *Tramp*, laut Peaches und Hernando der einzige Ort, wo man in London hingehen konnte.

Genau dort wollte Rio auch hingehen. Es war genau der Ort, an dem Angelo Bassalino nachts mit seiner Lady der Woche auftauchte.

Sie kannte all die Orte, wo er hinging, all seine Gewohnheiten. Im Moment schlief er mit einer dünnen, blonden, unbekannten Schauspielerin und mit einer verheirateten

Frau, die vier Kinder und einen fetten, reichen Ehemann hatte, außerdem mit einem weiblichen Blackjack-Croupier von einem der Casinos.

Er liebte die Frauen, egal von welcher Figur, Größe oder Farbe. Er hatte keine speziellen Vorstellungen.

Rio hatte sich keinen Aktionsplan zurechtgelegt. Sie fühlte sich sehr sicher und zuversichtlich. Sie kannte sich mit Leuten aus, sie wußte, daß sie sich in ihrem Kopf festsetzen konnte, wenn sie nur wollte. Es würde ein leichtes sein, die richtige Entscheidung zu treffen, wie Angelo zu zerstören war.

Hätte sie doch alle drei für sich gehabt, Frank, Nick *und* Angelo. Es war ihr Plan. Sie hätte niemals jemandem etwas davon erzählen sollen, sie wäre ganz gut allein damit fertig geworden.

Beth und Lara, was wußten die beiden schon, wie man jemanden erledigte, aus jemandem ein Wrack machte, wie man die schwachen Punkte fand und so lange bohrte, bis das Gehäuse zusammenfiel.

Sie wußten, wie man einen Kerl soweit brachte, daß er mit einem ins Bett ging, aber, verdammt noch mal, das war auch schon alles. Nicht so Margaret, sie hätte es tun können. Margaret war eine Hexe, sie wußte alles.

Rio konnte sich noch gut daran erinnern, wie sie sich zum erstenmal gesehen hatten. Es war Winter gewesen, ein eisig kalter Winter, und sie erinnerte sich noch sehr deutlich daran, wie sie zunächst daran gedacht hatte, das Gebäude in Brand zu setzen. Es war ein absolut irrer Gedanke, aber zu jener Zeit war sie zu allem fähig gewesen.

Das wäre ein Abgang gewesen! Ein großes, loderndes Flammenmeer! Aber dann hatte sie an all die Leute gedacht, die darin wohnten, und außerdem, wozu sollten die Abschiedszeilen an Larry Bolding gut sein, wenn auch sie in Flammen aufgingen? Dieser Scheißkerl sollte es büßen!

Sie wollte ihn und seine gottverdammte politische Karriere ruinieren.

Sie hatte sich ihr Gesicht sehr sorgfältig, sehr extravagant mit exotischen Farben geschminkt und sich ein langes, enganliegendes rotes Halston-Kleid übergestreift. Schließlich war sie ein Superstar, und es war ganz sicher nicht ihre Absicht, still und heimlich von der Bildfläche zu verschwinden.

Sie war *high*. Ein bißchen LSD sollte ihr beim letzten Trip helfen.

Es war drei Uhr morgens, als sie irgendeine irre Musik anstellte und auf volle Lautstärke drehte. Sie nahm das Rasiermesser, das Larry bei ihr liegengelassen hatte – er mochte keine elektrischen Rasierapparate – und ließ die scharfe Rasierklinge herausgleiten. Damit schnitt sie sich eine tiefe Linie in die Innenseite ihres rechten Handgelenks, dann am anderen. Es tat nicht weh. Es war schön, wie das Blut hervorsprudelte. Es hinterließ Flecken auf ihrem Kleid. Sie lachte. Seit Monaten hatte sie sich nicht mehr so großartig gefühlt. Keine Verpflichtungen, keine Sorgen, nichts.

Sie lachte, bis sie in Ohnmacht fiel, das Blut sprudelte aus den Schnittwunden auf den sauberen weißen Teppich.

Was danach geschehen war, hatte sie nur durch einen Nebel wahrgenommen: Margarets Gesicht, sehr nahe, sehr besorgt. Dann das Gefühl, hochgehoben und getragen zu werden. Stimmen, immer gedämpft und weit weg. Und dann das Aufwachen – wie viele Tage später? Zwei, drei? Und Margaret Lawrence Brown saß am Tisch und schrieb. Langes schwarzes Haar, von einer Brille mit getönten Gläsern aus einem markanten Gesicht zurückgehalten.

Rio konnte sich nicht rühren. Sie lag in einem seltsamen Bett in einem seltsamen Raum, ihre Arme waren bis zu den Ellbogen hinauf bandagiert.

»He«, brachte sie über die Lippen. Margaret hob den Kopf und blickte sie mit einem direkten Blick aus ihren grünen Augen an. Ungeschminktes Gesicht, volle Lippen — kein schönes Gesicht, nicht einmal hübsch, aber ein Gesicht von solch enormer Wärme und Attraktivität, daß Rio sie auf den ersten Blick mochte. Ein seltsames Gefühl, denn was sollte der ganze Blödsinn eigentlich — sie wollte ja gar nicht hier sein.

Über Margarets Gesicht huschte ein Lächeln. Sie stand auf. Groß, kleinbusig, in einem lockeren T-Shirt und Jeans. »Ich glaube, du hast's geschafft«, sagte sie mit rauher Stimme. »Eine Zeit lang stand es Spitz auf Knopf, aber mein Gefühl sagte mir, daß du durchkommen würdest. Ich bin Margaret, ich wohne neben dir, und zufälligerweise bin ich durch das Gedröhne schier aus dem Bett gefallen. Und weil es sonst immer bei dir so ruhig war, bin ich rübergegangen, um mal nachzusehen. Du hättest ein umwerfendes Bild für die Zeitungen abgegeben — das rote Kleid und das Blut und der weiße Teppich. Fast war es schade, dich zu retten, aber Kindchen, so was darfst du wegen eines Kerls nicht tun!« Margaret schüttelte vorwurfsvoll den Kopf. »Larry Bolding ist 'n Scheißkerl. Ich brauche ihn gar nicht erst zu kennen, um dir zu sagen, daß er 'n Scheißkerl ist. Kindchen, wir werden uns doch nicht wegen solcher Scheißkerle das Leben nehmen!«

Margaret pflegte sich immer deutlich auszudrücken.

Rio blieb zwei Wochen bei ihr, bevor sie wieder in ihr eigenes Apartment zog, und sie lernte in diesen zwei Wochen mehr, als sie bisher in ihrem Leben gelernt hatte.

Margaret war eine dieser seltenen Ausnahmen, eine wirklich selbstlose Person. Sie wollte vom Leben nichts anderes als Gutes für andere tun. Sie gab ihre Zeit, ihre Energie, ihr Leben her für jede Sache, die sie für wert hielt. Und es packte sie ein beißender, wütender Zorn über die Art, wie Frauen als Bürger zweiter Klasse behandelt wurden. Sie wollte verändern, und sie saß nicht wie die meisten anderen Leute nur herum und redete darüber, sondern sie ging hinaus und tat, was sie konnte.

Im Schummerlicht des *Tramp* beobachtete Rio von einer Nische aus, wie Angelo Bassalino hereinkam. Sie ließ ihren Blick lange forschend auf ihm ruhen. Er war mit einer mageren kleinen Blonden gekommen.

Rio hatte nicht vor, Zeit zu vergeuden. Sie ging zu seinem Tisch hinüber und ließ sich dort nieder.

»He, Angelo«, sagte sie, »was stimmt an dem Gerede, daß du der stadtbeste Hengst bist?«

## 16

Enzio Bassalino führte drei Telefongespräche. In der Rangfolge ihrer Wichtigkeit nach sprach er zuerst mit Frank in New York.

»Ich gedenke zu kommen«, stellte er fest, »wie ist das Klima?«

Frank wußte, daß Enzio nicht das Wetter meinte. »Das gleiche«, antwortete er mit kontrollierter Stimme. Er wußte mit Sicherheit, daß FBI sein Telefon abhörte.

»Ich werde auf jeden Fall kommen«, brummte Enzio, »das übliche Hotel, alles wie sonst auch — bereite alles vor.«

»Ich glaube nicht, daß jetzt der richtige Zeitpunkt ist.« Frank versuchte, sich seinen Ärger nicht anmerken zu lassen. Warum mußte sein Vater sich immer einmischen?

Enzio blieb stur. »Ich möchte meine Enkelkinder sehen und einige andere Sachen klären. Du weißt, was ich meine?«

»Ja, ich weiß, was du meinst.«

Frank wußte genau, was er damit sagen wollte. Er meinte die Panik, die wegen des Sprengstoffanschlags auf die *Magic Lantern* um sich griff.

Frank hatte alles fest in Händen. Er hatte einige Meetings arrangiert und Informationen einholen lassen.

Zunächst hatte er Bosco Sam verdächtigt oder auch die Crowns, aber einige Tatsachen sprachen dagegen.

Tomassio Vitorelli, Franks Rechtsanwalt, hatte sich an jenem Abend, an dem die Bombe hochgegangen war, mit einem Informanten in der *Magic Lantern* getroffen . . .

Enzio legte auf. Er wußte, daß Frank verärgert war, er wußte, sein ältester Sohn dachte, er könne mit allem selber fertig werden. Aber was schadete ein wenig Verstärkung? Was konnte es schaden, wenn Enzio Bassalino sich in New York zeigte?

Die Crown Gang versuchte in verschiedenen Geschäften Fuß zu fassen, was ihr zwar noch nicht gelungen war, aber immerhin einige Probleme verursachte. Das zum einen, und zum anderen die Probleme mit den Schutzgeldern. Enzio fand, daß er selbst am Ort sein sollte. Enzio war sicher, daß diese Probleme durch seine Anwesenheit ein Ende hätten. Vielleicht würde ein persönliches Treffen mit Rizzi Crown die Dinge regeln, denn sie kannten sich schon seit vielen Jahren, warum also nicht?

Als nächstes rief Enzio Nick in Los Angeles an. »Gibt's was Neues?« war stets seine einleitende Frage.

Nick gab ihm einen kurzen Bericht über die geschäftlichen Neuigkeiten.

»Gut, gut.« Enzio hustete und spuckte in einen Aschenbecher auf seinem Schreibtisch, eine Gewohnheit, die ihn bei seinen Mitarbeitern nicht gerade beliebt machte. »Ich fliege morgen nach New York, es wäre keine schlechte Idee, wenn du auch für zwei Tage dorthin kämst.«

»Weshalb?« Nick verspürte keine Lust, die Küste zu verlassen. Seine Bräune sollte durch keinen einzigen verlorenen Tag an Bräune einbüßen.

»Es könnte ratsam sein«, sagte Enzio, »du wirst es dort erfahren.«

»Du lieber Gott . . .«, murmelte Nick.

»Was ist los mit dir?« polterte Enzio. »Kannst du die alte Schachtel nicht für zwei Tage allein lassen? Was ist mit ihr, hat sie einen direkten Draht zu deinem Schwanz?«

»Wenn es nötig ist, werde ich kommen«, sagte Nick langsam. Vielleicht war ein Trip nach New York gar keine so schlechte Idee. Vielleicht war das eine ausgezeichnete Idee, mit Lara zusammenzukommen, ohne daß April etwas davon erfuhr.

»Okay, okay, ich lasse wieder von mir hören.« Enzio war ungeduldig, das Gespräch hinter sich zu bringen.

Nick war ein Dummkopf, jeder Mann war ein Dummkopf, der einer Frau hörig war. Enzio hatte sich stets gerühmt, Frauen gegenüber sehr klug zu sein. Ein Weib war ein Weib, und es gab genug davon. Benütze sie, bevor sie dich benützen, war immer sein Motto gewesen. Wenn sie anfingen, wie eine Klette an dir zu hängen und anspruchsvoll wurden, war es an der Zeit, ihnen den Laufpaß zu geben.

Mary Ann August kam hereingeschwänzelt. Sie trug wie gewöhnlich einen Bikini und eine nach hinten aufgetürmte Frisur. Schweigsam stand sie da, kratzte ihren Nagellack ab, bis Enzio endlich sagte: »Na? Was ist denn?«

»Alio ist da«, sagte sie, »er ist draußen am Swimmingpool. Er möchte ein Sandwich, aber der Koch ist weggegangen.«

»Dann mach ihm eins«, sagte Enzio und zögerte sein Telefongespräch mit Angelo noch etwas hinaus.

»Was für eins?« fragte Mary Ann blöde.

»Keine Ahnung, frage ihn.« Allmählich ging sie ihm auf

den Wecker, manchmal waren große Titten einfach nicht genug.

»Käse wird wohl da sein«, sagte Mary Ann nachdenklich, »oder Gurken. Glaubst du, er mag Gurken?«

»Wie, zum Teufel, soll ich das wissen?« brauste Enzio plötzlich auf. »Raus hier, ich muß telefonieren!«

Mary Ann war im Nu verschwunden.

Wie schön, wenn Rose nicht verrückt geworden wäre und sich nicht eingesperrt hätte, ging es Enzio durch den Sinn. Eine Frau alten Stils war nicht zu ersetzen, eine Frau, die ihren Platz im Leben kannte und ihn einhielt. Es wäre weitaus besser gewesen, sich Freundinnen in eigenen Apartments zu halten, sie nur wenn nötig zu besuchen und ihr dummes Geschwätz nur dann über sich ergehen zu lassen, wenn man Lust dazu hatte.

Aber ganz ohne jemanden war es zu einsam. Er brauchte jemanden, der sein Bett mit ihm teilte. Manchmal hatte er nachts Alpträume, Träume, aus denen er zitternd und kalt ums Herz aufschreckte. In solchen Momenten verlangte ihn nach menschlichem Kontakt, nach der sicheren Nähe eines anderen Körpers. Er hatte Angst um seine Gesundheit. Was, wenn er eine Herzattacke erlitt und niemand in der Nähe war? Vor drei Jahren hatte er eine gehabt, aber die Ärzte sagten, er sei bei bester Gesundheit, kein Grund zur Besorgnis. Aber trotzdem . . . was wußten die Ärzte schon? Enzio traute ihnen nicht.

Es wäre keine schlechte Idee, beschloß Enzio, Mary Ann in New York durch ein neues Mädchen zu ersetzen.

Er rief in London an, erreichte Angelo aber nicht. Er war weder im Casino noch zu Hause. Natürlich war er beim Vögeln, der Junge dachte an nichts anderes. Enzio grinste, in Angelos Alter war er genauso gewesen.

In Angelos Alter hatte ihm die Welt gehört. Prohibition, Chicago, eine andere Art von Welt, eine aufregende Welt voller Nervenkitzel.

Der Name Bassalino rangierte an gleicher Stelle wie Al Capone, Legs Diamond, O'Banion. Enzio seufzte, als er an seine jungen Jahre dachte. Jetzt war alles anders, alles war unter einer Schicht von Legalität verborgen.

Alio erinnerte sich auch noch daran. Alio war von Anfang an an seiner Seite gewesen.

Enzio lachte vor sich hin, und als er zum Pool hinausging, lachte er immer noch. Ob Alio sich wohl noch daran erinnern konnte, wie sie den Chef ihres italienischen Lieblingsrestaurants bestechen wollten, einem Erzrivalen Arsen in die Suppe zu schütten? Er hatte es abgelehnt und war aus der Stadt geflohen. Bis heute gingen Enzio seine unglaublich guten Fleischklößchen ab.

## 17

Wie Verschwörer trafen sie sich im Flugzeug. Nick überprüfte sorgfältig das Erste-Klasse-Abteil nach Freunden von sich oder April. Erst nachdem er sich versichert hatte, daß die Luft rein war, gestattete er sich, neben Lara Platz zu nehmen.

Sie war ganz in Weiß gekleidet und sah sehr schön aus. Er sagte sich, daß es sich dafür lohnte, ein Risiko einzugehen.

Lara hatte ihm klipp und klar erklärt, sie denke nicht daran, sich in Los Angeles mit ihm zu treffen, und hatte ihn vor die Entscheidung gestellt: entweder sie oder April. Da gab es nichts zu entscheiden. Er wollte April heiraten, Lara war im falschen Moment aufgetaucht. Was er wollte, war ein Verhältnis mit ihr, aber er war nicht bereit, seine Zukunft aufs Spiel zu setzen, und seine Zukunft wollte er mit April Crawford verbringen.

Enzio hatte die Reise nach New York gerade im rechten

Augenblick vorgeschlagen. Nick hatte Lara gegenüber so nebenbei bemerkt, daß er nach New York fliegen würde, und vorgeschlagen, sie solle ihn begleiten. Überraschenderweise hatte sie ja gesagt.

»Aber April soll nichts davon erfahren«, hatte er eilig hinzugefügt, und zur Abwechslung hatte sie ihm diesmal zugestimmt. »Gut, wie du willst«, hatte sie geantwortet.

Nick glaubte, alles geheim genug arrangiert zu haben. Sie fuhren getrennt zum Flughafen, gingen getrennt an Bord und würden getrennt von Bord gehen. Wer sollte dann herauskriegen, daß sie zusammen reisten?

Lara hatte ein Apartment in New York, und Nick wohnte mit Enzio im Hotel. New York war eine riesige Stadt, man konnte sich darin verirren. Es war nicht so kleinstädtisch wie Los Angeles, wo man nicht einmal pissen konnte, ohne daß es jeder erfuhr.

Was er wollte, war mit Lara zusammen zu sein, ohne befürchten zu müssen, daß April auftauchte. Nach ein oder zwei Tagen würde er von ihr genug haben. Es war eine rein sexuelle Angelegenheit, eine plötzliche Lust, die ihn gepackt hatte. Sicher, sie war eine wunderschöne Frau und nicht irgend jemand, aber sie war nicht April Crawford, April war ein Star.

Frank war sehr fordernd. Nach der ersten Nacht begab er sich unverzüglich auf Beths Zimmer, sobald er heimgekommen war.

Er beschwichtigte ihre Einwände, er versicherte ihr, daß Anna Maria bestimmt nicht aufwachen würde.

Sie duldete seine Besuche in dem dunklen, altmodischen Zimmer über der Küche. Sie duldete seine Küsse und Umarmungen, seine fummelnde Art, wie er sie liebte. Trotz des Widerwillens, den er in ihr erzeugte, tat er ihr leid. Er verkörperte genau das, was sie verabscheute, und doch war in dem Mann eine gewisse Einsamkeit, was ihr

Mitleid weckte. Vielleicht war es der grausame Scherz, den die Natur ihm gespielt hatte, es machte ihn sehr verwundbar. Das erklärte, warum er ein Mädchen wie sie brauchte, ein Mädchen, das er für nicht so erfahren hielt, das deshalb keine Kritik üben oder Vergleiche ziehen konnte. Sie entsprach ganz seinen Erwartungen. Sie war weich, warm, verständnisvoll. Gleichzeitig gelang es ihr, eine kindliche Unschuld vorzutäuschen, die ihn zu faszinieren schien.

Er kaufte ihr kleine Geschenke. Einen Abend brachte er ihr ein billiges Armband mit, den anderen ein Pfund Erdbeeren, die er selbst aufaß. Er war ein selbstsüchtiger Liebhaber, dachte nur an seine Befriedigung und vergaß darüber sie. Es dauerte bei ihm nie sehr lang, eine Routinesache von zehn Minuten und immer dasselbe. Er mochte es, daß sie im Bett auf ihn wartete, und er bestand darauf, daß sie das lange weiße Nachthemd trug. Erst streichelte er ein paar Minuten ihre Brüste, dann saugte er daran, bis er bereit war. Ein paar Stöße, und es war vorüber.

Bereits nach Ablauf einer Woche sprach er davon, ein Apartment für sie zu suchen. Bereits nach Ablauf einer Woche waren ihre Pläne ausgereift, wie seine Frau sie beide zusammen finden sollte.

Lara rief Cass an, sobald sie in ihrem Apartment in New York eingetroffen war. »Ich mache Fortschritte«, sagte sie, »April wird höchstwahrscheinlich in der Morgenzeitung alles über uns erfahren.«

»Wie geht's dir? Bist du wirklich ganz in Ordnung?«

»Mir geht's sehr gut«, versicherte ihr Lara.

»Wenn April erfährt, daß er mit mir rübergeflogen ist, hat er keine Chancen mehr. Sie ist zu stolz, um jemanden neben sich ertragen zu können. Das Lustige ist, daß ich noch nicht mal mit ihm geschlafen habe.« Nach kurzer Pause: »Wie geht's Beth?«

»Ich weiß nicht. Ich sprach vor einer Woche mit ihr, sie schien verstört. Ich versuchte sie zu überreden, aus der Sache auszusteigen, aber sie wollte nichts davon wissen. Ich mache mir große Sorgen um sie.«

»Ja, sie ist noch ein richtiges Kind.« Lara dachte beunruhigt an ihre Schwester, die sie kaum kannte. »Ich glaube, wir sollten darauf bestehen, daß sie aus der ganzen Sache aussteigt. Schließlich hat sie ein Kind in der Kommune, und wir sollten sie davon überzeugen, daß ihr Kind sie nötiger braucht als unser verrückter Plan.«

»Du hast recht«, stimmte ihr Cass zu, »ich werde versuchen, sie zu erreichen.«

»Was ist mit Rio? Weißt du was Neues von ihr?«

»Ich hatte ein Telegramm von ihr: ERFOLG GESICHERT. Wir hatten abgemacht, uns jeden Mittwoch miteinander in Verbindung zu setzen. Wenn ich bis morgen Beth nicht erreiche, werde ich unter dem Vorwand, eine Verwandte oder was Ähnliches zu sein, in ihr Haus gehen.«

»Gut.« Lara war einverstanden. »Enzio Bassalino ist in New York, das ist der Grund, warum ich hier bin.«

»O Gott, hoffentlich kriegt das Dukey nicht raus, dauernd faselt er was vom einzig richtigen Weg.«

»Töten ist das, was er kann, unser Weg ist der bessere.« Lara war von ihrer eigenen Kaltblütigkeit überrascht.

Sie legte auf, ging ins Badezimmer und bürstete ihre üppige Mähne.

Sie fand, daß sie müde aussah und leichte Ringe unter ihren tiefgrünen Augen hatte. Sie sorgte sich um Beth. Sie war noch ein Kind, so weltfremd, hatte ihr ganzes Leben weitab von allem in einer Kommune gehaust und steckte jetzt im Haus eines Mafiabosses. Aber sie mußte es Cass überlassen, sie dort rauszuholen.

Lara dachte über Nick nach. Er war dumm, das stimmte. Unintelligent, das auch. Eingebildet, auch das war richtig.

Aber das Seltsame war, sie mochte ihn. Sie empfand ganz einfach Sympathie für ihn, was nichts mit Geld, Position oder Titel zu tun hatte. Alles wäre ein wenig einfacher gewesen, wenn sie nicht so empfunden hätte. Wie auch immer, sie hatte eine Aufgabe zu erledigen, und wenn Beth ausschied, war es wichtiger denn je, daß sie erfolgreich war.

Frank kam mit Golli und Segal zum Hotel. Sie waren seine ständigen Begleiter, sie waren sein Schutz, seine Sicherheit. Überall in New York gab es großen Ärger. Erst die Woche davor war einer von Franks ›Exekutiven‹ mitten in Manhattan niedergeschossen worden. Frank wollte nichts riskieren, Golli und Segal waren die ungeheure Summe Geldes wert, die er ihnen jede Woche zu bezahlen hatte.

Enzio hatte schon früher sehr oft in diesem Hotel gewohnt, und seine Sicherheitsvorkehrungen waren die gewohnten. Niemand, außer den Leuten seiner unmittelbaren Umgebung, durfte den dritten Stock betreten. Sogar Frank wurde nach den komplizierten Losungsworten gefragt, obwohl all die Männer, mit denen Enzio angereist war, Frank von Kindesbeinen an kannten.

Enzio hielt nichts von neuen Gesichtern. Er umgab sich mit einer Armee von fünfundzwanzig Männern, die ihn über viele Jahre begleitet hatten und stets zu seiner Verfügung standen. Frank hatte sich deshalb oft mit ihm gestritten. »Es sind alte Kerle, was können die noch für dich tun? Die können doch kaum noch ein Gewehr tragen, geschweige denn benützen!«

Enzio hatte ihm darauf mitten ins Gesicht gelacht. »Diese ›alten Kerle‹, wie du sie nennst, sind zäher und tüchtiger als jeder deiner jungen Hüpfer, mit denen du dich umgibst. Ich *weiß*, daß niemand an mich rankommt — hast du die gleiche Sicherheit?«

Frank fühlte sich mit Golli und Segal sicher genug. Sie waren jung und schnell, er hatte sie im Einsatz gesehen.

Enzio empfing Frank herzlich. Sie küßten und umarmten sich und begrüßten sich auf italienisch.

»Du siehst gut aus«, stellte Enzio fest, »und wie geht's der Kleinen, ist's bald wieder soweit?« Er mochte Anna Maria sehr gern.

Frank nickte. »Es geht ihr gut.« Aber seine Gedanken waren nicht bei seiner Frau, sie waren bei Beth.

»Die Gören? Freuen sie sich, daß ihr Großvater kommt?«

»Ja, natürlich, du mußt heute abend zum Essen kommen, Anna Maria macht deine Lieblingsspaghetti.«

»Ausgezeichnet.« Er schwieg eine Weile, und sein Gesicht wurde ernst. »Ich bin über die letzten Berichte, die ich erhielt, sehr beunruhigt, ausgesprochen beunruhigt.«

Frank drehte sich weg und starrte aus dem Fenster. »Alles ist unter Kontrolle«, antwortete er gereizt.

»Ich wüßte gerne, ob Tomassio Vitorelli der gleichen Meinung ist«, erwiderte Enzio milde, fuhr dann aber etwas barscher fort: »Wir werden kurzen Prozeß machen, Frank, ich bin nicht hier, um mich zu amüsieren.« Er fuchtelte mit den Armen in der Luft herum. »Wir werden heute abend nach dem Essen darüber reden, wenn Nick da ist.«

## 18

Dukey K. Williams war zufrieden. Der Anschlag auf die *Magic Lantern* war ein großer Erfolg gewesen. Tomassio Vitorelli, ein wichtiger Mann in der Bassalino-Organisation, war damit ausgeschaltet, und in anderen Restaurants und Clubs, die nicht das gleiche erleben wollten, breitete sich Panik aus. Sollten sich die Bassalinos ruhig wundern, sollten sie nur schwitzen. Es war ein guter Anfang.

Leroy Jesus Bauls war auch zufrieden. Es war seine Idee gewesen.

Dukey K. Williams war bereit, eine Menge Kohlen lokker zu machen, eine Menge Kohlen.

Ausgezeichnet — für einen Jungen, dem im Leben nichts geschenkt worden war, stand es ganz ausgezeichnet.

Seine schwedische Mutter war eine Dirne, sein dunkelhäutiger Vater ein Zuhälter. So bald wie möglich war er von zu Hause fortgelaufen. Für ihn waren sie gestorben, und falls sie wirklich gestorben waren, würde ihn das kein bißchen stören.

Da er bereits in jungen Jahren sehr gut aussah, hatte er nie Schwierigkeiten, ein Bett zum Übernachten zu finden, und wenn er Lust gehabt hätte, in die Fußstapfen seines Vaters zu treten, hätte es an Angeboten nicht gefehlt. Aber Leroy wollte keine engeren Beziehungen zu Frauen.

Er schloß sich einer Straßenbande an und machte mit ihr für eine Weile die Gegend unsicher: kleine Dinger, Betrunkene oder alte Damen ausrauben, Ladeneinbrüche in der Umgebung. Bis die Beute aufgeteilt war, blieb für den einzelnen fast nichts übrig. Leroy erkannte, daß er sich Besserem zuwenden mußte.

Er beschloß, daß die Rauschgiftszene das richtige Pflaster für ihn war. Er hatte bereits gehascht, zweimal LSD probiert. Es gab ihm nichts. Das war gut so. Im Drogengeschäft mußte man einen klaren Kopf bewahren, selbst nicht abhängig sein. Er hatte mit eigenen Augen gesehen, wie Drogen die Leute zurichteten, wie sie die Leute äußerlich veränderten. Damit wollte er nichts zu tun haben. Aber Dealen war etwas ganz anderes, Dealen konnte eine Menge Kies bringen.

Er kannte sich mit Leuten aus. Er war jung, sah gut aus

und verstand sich aufs Überreden. Er suchte sich also die Region heraus, in der er arbeiten wollte, und mit einer kleinen Geldspritze eines Freundes stieg er ins Geschäft ein.

Er merkte bald, daß er dabei anderen auf die Zehen trat. Die Gegend, die er sich ausgesucht hatte, war bereits in festen Händen. Sie warnten ihn, er solle verschwinden. Er aber kaufte sich vom Gewinn der ersten Woche einen Revolver. Sie hielten ihn für irgendeinen schwulen Strichbubi, mit dem man leicht fertig werden konnte.

Er war auf drei verschiedene Paar Zehen getreten. Innerhalb eines Monats waren sie alle tot, erschossen. Leroys Revolver wurde in Schaumstoff eingewickelt, mit Steinen beschwert und auf den Grund des Flusses versenkt.

Vom Gewinn der fünften Woche kaufte er sich einen neuen. Er war sechzehn.

Ein Jahr lang konzentrierte er sich ganz aufs Dealen. Er arbeitete allein und hatte verläßliche Quellen. Das verdiente Geld hortete er, stets bereit, von seiner Waffe Gebrauch zu machen. Niemand störte ihn, er hatte sich bereits einen Namen gemacht. Er blieb in seinem Revier und achtete drauf, niemandem in die Quere zu kommen.

Er lebte allein in einem möblierten Zimmer und ging nur aus, um Geschäfte zu machen. Selten gab er Geld aus.

Bis Ende des Jahres hatte er eine beträchtliche Summe gespart. Jedenfalls genug, um ein Auto zu kaufen, sich neu einzukleiden und ein ordentliches Apartment zu mieten.

Er kaufte sich einen schwarzen Mercedes, ließ sich mehrere Anzüge anfertigen und richtete sein Apartment mit schwarzen Ledermöbeln ein.

Er sah älter als siebzehn aus.

Leroy fand, daß er bei seinem neuen Lebensstil mehr Geld benötigte. Also ließ er zwei seiner Freunde in seinem

Revier für sich arbeiten und drang selbst in neues Territorium vor.

Innerhalb weniger Tage erhielt er die Nachricht, Bosco Sam wolle ihn sprechen. In Bosco Sams Umgebung gab es zu viele Zehen, auf die man treten konnte, das wußte Leroy, also folgte er seiner Aufforderung.

Sie einigten sich. Leroy sollte in dem Gebiet bleiben, das er bereits hatte, und dafür, daß er sich aus Bosco Sams Revier heraushielt, wollte dieser ihm einige Geschäfte zuschustern, die ihm weitaus mehr Geld einbringen würden als das Dealen.

Leroy gefiel die Idee: viel mehr Kohlen für viel weniger Arbeit. Außerdem brachten die beiden, die für ihn in seinem Gebiet arbeiteten, auch noch was ein.

Im ersten Jahr hatte ihm Bosco Sam drei Aufträge gegeben. Drei Anschläge. Leroy führte sie alle ohne Beanstandung aus. Er war auf dem Weg nach oben. Er hatte sich einen gewissen Ruf erworben, und es machte sich bezahlt, daß er mit Bosco Sam ins Geschäft gekommen war.

Inzwischen, vier Jahre später, war Leroy Jesus Bauls erster Mann in seinem Beruf. Schon lange hatte er sich aus der Drogenszene zurückgezogen.

Er hatte die wenige Freizeit, die ihm blieb, darauf verwandt, Sprengstoffe, Elektronik, Zeitzünderbomben zu studieren. Ein Flugzeug in die Luft sprengen, eine Bombe in einer Bank installieren, die erst drei Wochen später hochging — es gab nichts, was er nicht konnte. Er war ein ›freischaffender Attentäter‹. Der beste.

Nur er hatte den Ruf, Risiken einzugehen.

Jedes Risiko, das er bis jetzt eingegangen war, hatte sich bezahlt gemacht, und Leroy war stolz darauf. Jetzt wartete er. Dukey K. Williams würde ihm Bescheid geben, wann es wieder losging, und Leroy war bereit.

## 19

Angelos Wohnung in Mayfair war klein. Wohnzimmer, Küche, Bad. Bei der Einrichtung war er im Schlafzimmer etwas verschwenderischer gewesen. Die schwarzen Wände waren mit Leoparden- und Tigerhäuten behangen, der Boden mit sieben Zentimeter dicken Fellen belegt, die Decke war ein Kaleidoskop verschiedenfarbiger Spiegel. Das Bett dominierte. Alles daran funktionierte elektrisch: Auf Knopfdruck begann es langsam zu kreisen, auf Knopfdruck stellte sich der Fernseher oder die Stereoanlage an, sogar die Kaffeemaschine setzte sich auf Wunsch in Gang.

Stolz fragte Angelo: »Gefällt dir meine Bude?«

Rio ließ einen vernichtenden Blick über das Ganze gleiten. »Du solltest dir ein Wasserbett anschaffen, Baby«, war ihr einziger Kommentar.

Sie waren beide blau. Auf Rios einleitende Bemerkung hin hatte sich Angelo beeilt, seine kleine blonde Gefährtin loszuwerden, und hatte sich unter Rios Gruppe gemischt. Sie behandelte ihn aber kühl, schob ihn auf Peaches ab und machte laute Bemerkungen über italienische Sexualprotze.

Mit ihrer exzentrischen Aufmachung, ihren schreienden, fünfzehn Zentimeter hohen Nuttenschuhen, die ihre ein Meter dreiundachtzig große Statur in lächerliche Proportionen streckte, war sie der absolute Mittelpunkt. Sie überragte alle. Ihr dünner, sehniger Körper bewegte sich inmitten der winzigen, überfüllten Tanzfläche in einem Kleid aus durchsichtiger indischer Baumwolle — ein Kleid von der Art, das an manchen Stellen aufsprang und um den Körper gewickelt und gebunden getragen wurde. Silberne Armreifen klimperten reihenweise an beiden Armen, und um ihren Hals baumelten Fruchtbarkeitssymbole. Sie war sehr auffallend geschminkt, und ihre langen, schwarzen Indianerhaare waren aufgesteckt und unter einer leuchtend roten Afroperücke versteckt.

Sie tanzte mit jedem, und von ihr ging eine Sinnlichkeit und Erregung von geballter Ladung aus. Angelo gab sich damit zufrieden, herumzusitzen und sie zu beobachten. Er wußte, daß sie später mit ihm nach Hause gehen würde. Ihre anfängliche Bemerkung war eine eindeutige Aufforderung gewesen.

Er lehnte sich zurück und genoß die Show. Erinnerungen stiegen in ihm auf. New York vor ein paar Jahren. Damals arbeitete er bei seinem Bruder Frank, und eines Tages hatte man ihn zu Billy Express geschickt, um dort ein Paket abzuliefern. »Persönlich«, hatte Frank ihm eingeschärft, »gib's nur ihm persönlich.«

Billy Express war nicht zu Hause, und man sagte ihm, er solle warten. Er war verärgert, denn er hatte keine Lust, den Laufburschen zu spielen. Aber dann hörte er Geräusche, unmißverständliche Geräusche, und er ging der Sache nach. Leise schlich er sich in den weißen Turnschuhen näher an. Die Geräusche kamen aus dem Raum neben dem Arbeitszimmer, wo er warten sollte. Er öffnete die Tür einen Spalt breit und spähte hinein.

Rio und ein Chinese lagen auf dem Boden. Sie war nackt, lang hingestreckt, und der Chinese über ihr hielt sich ganz ruhig, wogegen sie laut stöhnte. Dann und wann bewegte sich der Chinese, grub sich tief in sie hinein, zog sich wieder zurück und verharrte bewegungslos bis zum nächsten kurzen Stoß. Es brachte Rio von Sinnen, und plötzlich warf sie sich ihm entgegen, umschlang seinen Hals mit ihren langen weißen Beinen und begann hemmungslos zu schreien.

Angelo schloß schnell die Tür. Er war scharf wie tausend Chinesen, und sobald er das Paket bei Billy Express abgeladen hatte, ging er schnurstracks zu Claritas Haus, um dort noch eine andere Ladung abzulassen.

»Schon 's vierte Mal die Woche«, hatte Clarita geschimpft, »mit Frank is ausgemacht, zweimal ficken gratis die Woche. Was, zum Donnerwetter, meint er wohl, was ich bin? Ich hab' 'n Geschäft, nich 'n Wohlfahrtsinstitut!«

Angelo hatte diese Geschichte niemals vergessen. Und nun war Rio Bravo in London, in seiner Wohnung, und er war genauso scharf wie an dem Tag, als er Billy Express das Paket ins Haus geliefert hatte. Rio streckte sich, und mit ein paar geschickten Bewegungen glitt das Kleid zu Boden. Sie hatte darunter nichts an und war jetzt nur noch mit den hochhackigen Schuhen und der Perücke bekleidet. Sie war sehr dünn, fast knochig, fast flachbrüstig, aber mit unglaublich schwarzen, harten Nippeln, die weit abstanden. In den Blue-Movie-Kreisen waren ihre Nippel recht berühmt, hatte Billy Express sie doch von allen Seiten gefilmt. Ihre Nippel waren fast genauso berühmt wie Andy Warhols Campbell-Suppendose.

Darauf bedacht, seinen Steifen zu behalten, schlüpfte Angelo aus seinen Kleidern. Er dämpfte die Beleuchtung zu einem roten Dämmerlicht, setzte eine James-Brown-Kassette in Gang.

Rios Blick glitt an ihm hinunter. »Ist es das?« fragte sie und fing an zu lachen.

Angelo lächelte, nicht ganz sicher, was sie meinte. Sein Schwanz stand gut, ihn konnte sie nicht meinen — immer hatte er ›Oohs‹ und ›Aahs‹ geerntet, kein spöttisches Lachen.

»Also, mein Junge, wo sollen wir anfangen?«

Angelo näherte sich ihr. Er wollte, daß sie ihre Schuhe auszog, ohne Schuhe waren sie ungefähr gleich groß. Die Schuhe gaben ihr den Vorteil, den er nicht mochte. Er fühlte sich klein dadurch.

Mit gespreizten Beinen bewegte sie ihren Körper im Rhythmus der Musik, ihr Becken zu den irren Klängen von *Sex Machine.*

»He«, sagte er, »zieh deine Schuhe aus.«

»Ich mag meine Schuhe aber, Süßer«, gab Rio in übertrieben breitgezogenem südlichem Akzent zurück, »sie geben mir das Gefühl, groß und gemein zu sein, genau die richtige Stimmung, um ungezogene kleine Jungen wie Angelo Bassalino zu verschlingen.«

Er faßte sie um die Taille.

»Zeig mir, was für ein toller Hahn du bist«, fuhr sie im gleichen Slang fort.

Sie bewegten sich im gleichen Rhythmus.

»Get up – get on up – get up – get on up – get up – get up – stay on the scene – get on up – like a sex machine.« Rio stimmte in James Browns Gesang ein, während Angelos Griff immer fester wurde, bis er sie endlich aufs Bett beförderte. Auch als er sie zurückstieß, sang sie immer noch – »get on up«, sang sie, »get up – get it together – right on, baby.«

Er warf sich auf sie, und bevor er wußte, was mit ihm geschah, streckte sie ihre langen Beine gerade nebeneinander aus, hielt ihn in sich fest, und mit einer einzigen Bewegung stieß sie ihr Becken nach oben. Und der Druck war so stark, so unglaublich fest, daß er sofort kam.

»He, Baby«, sagte sie, »was bist du – ein Kaninchen?« Ihr Gelächter schwoll an, während Angelo sich wegdrehte und sich klarzumachen versuchte, was geschehen war. Er war eben erst in ihr gewesen, und schon war's passiert. Ein schraubstockartiger Druck hatte mit einemmal alles aus ihm herausgepumpt.

Rio rollte sich auf dem Bett herum. »Wie lange dauert die Erholungspause?« fragte sie vorwurfsvoll, und mit einem Griff riß sie sich die rote Perücke vom Kopf und schüttelte das glänzende, schwarze Haar frei.

Zu seinen Gunsten muß gesagt werden, daß sein Schwanz bereits wieder steif war. Er war auf die Kontrolle, die er über sich hatte, schon immer stolz gewesen. Er konnte stundenlang so weitermachen, wenn er wollte. Den Körper dem Verstand unterordnen, das war das Geheimnis. Und sein Verstand hatte wahrscheinlich ausgiebig über sie nachgedacht, als er sie das erste Mal gesehen hatte.

Er fuhr mit seiner Zunge über ihre Brüste. »Los, laß uns ficken«, sagte sie direkt, »deshalb bin ich doch hier. Die Sache mit der Zunge können wir später machen.« Sie rollte sich auf den Bauch, und er drang von hinten in sie ein. Als er richtig gut in ihr war, preßte sie ihre Beine zusammen und stieß sich ein paar Zentimeter nach oben. Und wieder dieses unglaubliche Gefühl, wieder ein so unnachgiebiger Druck, daß er sich nicht zurückhalten konnte. Und es kam mit großer Macht, mit solcher Stärke, daß aller Verstand nichts mehr half.

»Gott«, rief Rio ärgerlich, »wie lange hast du mit niemandem mehr geschlafen?«

Angelo war erschöpft, wie benommen lag er auf dem Bett. Er schloß die Augen, fünf Minuten Schlaf, und er war wieder bei Kräften. James Brown sang: »It's A Man's Man's Man's World.« Angelo schlief.

Lächelnd stand Rio auf und zog sich an. Ein guter Anfang. Sie stülpte sich ihre Perücke über und tanzte leise vor sich hinsummend in ihren verrückten Schuhen im Zimmer herum. Dann schrieb sie mit braunem Lippenstift auf den Badezimmerspiegel: »Das sollte wohl ein Scherz sein!!« Dann ging sie.

## 20

Mary Ann August war begeistert, daß Enzio beschlossen hatte, sie nach New York mitzunehmen. Sie würde es niemals zugeben — außer natürlich sich selbst — aber sie fand Miami entsetzlich langweilig. Nicht so sehr Miami war der Grund, sondern die Tatsache, daß sie nie allein ausgehen durfte und die Leute, die ins Haus kamen, alle alt waren. Und natürlich wegen der Frau, die dauernd aus dem Fenster starrte. Es nervte sie, ständig und überall von einem Paar verrückter schwarzer Augen verfolgt zu werden.

»Wer ist das?« hatte Mary Ann erschrocken gefragt, als sie das erste Mal das Haus betreten hatte.

»Vergiß es«, hatte Enzio schroff geantwortet, »ignoriere sie einfach, und daß ich dich nie in der Nähe dieses Zimmers erwische!«

Mary Ann stellte ihm keine weiteren Fragen, aber das hinderte sie nicht daran, das Dienstmädchen auszufragen, das zweimal täglich Essen auf dieses Zimmer brachte.

Das Mädchen war Italienerin und hatte Angst, darüber zu reden, aber nach und nach kam Mary Ann dahinter, daß es Enzios geistesgestörte Frau war, die nie ihr Zimmer verließ.

Zu Anfang hatte sich Mary Ann gefürchtet, aber als die Wochen vergingen, aus den Wochen Monate wurden, vergaß sie die verrückten Augen und tat, als ob es sie nicht gäbe. Eigentlich war es sehr freundlich von Enzio, überlegte sie, daß er die alte Schachtel hierbehalten und nicht in eine Anstalt verfrachtet hatte.

Mary Ann hatte eine Menge vor in New York. Sie wollte ein paar Kleider kaufen, sich einige Shows ansehen und in die besten Restaurants essen gehen.

Sobald sie aber angekommen waren, schloß Enzio sie im Hotel ins Schlafzimmer ein und sagte, sie solle dort bleiben, bis sie von ihm hörte.

Sie waren am Morgen angekommen, und jetzt war es bereits sieben Uhr abends. Mary Ann langweilte sich, war hungrig, hatte die Nase voll.

Schmollend saß sie auf dem Bett, die Beine übereinandergeschlagen, ihre chinablauen Augen verfolgten ein Quiz auf der Mattscheibe.

Sie überhörte das Klopfen an der Tür. Alio Marcusi kam plötzlich hereinspaziert.

»Ach, du bist's«, sagte sie mürrisch. »Wo ist Enzio?«

Alio lächelte. Er hatte ein Bad genommen und seinen neuen blauen Anzug angezogen. Seine letzten spärlichen Haare waren mit Brillantine an den Schädel geklatscht. Enzio hatte Wort gehalten. Mary Ann war out. In Los Angeles wartete ein Job auf sie. Enzio gestattete Alio jedesmal eine Runde, wenn er mit einem Mädchen fertig war. So war es immer gewesen, dreißig Jahre lang war es so gewesen. Manchmal protestierten sie, das waren diejenigen, die Enzio sehr gern mochten. In Alios Alter war es schwierig, jemanden unter normalen Umständen aufzutreiben.

»Er wird nicht kommen«, sagte er mit sanfter Stimme, »ich soll dir etwas von ihm ausrichten . . .«

## 21

Kerzen standen auf dem Tisch in Frank Bassalinos Haus, und die Kinder, gewaschen, geschrubbt und in die besten Kleider gesteckt, saßen kerzengerade bei Tisch. Frank hatte seinen Platz am Kopfende seinem Vater überlassen und zu seiner Rechten Platz genommen. Ihm gegenüber saß aufgeregt Anna Maria.

Nick lachte und scherzte mit den beiden Jüngsten. Er hatte nicht kommen wollen, viel lieber hätte er den ganzen Abend mit Lara verbracht. Aber Enzio hatte darauf bestanden, und Enzio war nicht der Mann, mit dem man Streit anfing.

Nick hatte sich daraufhin mit Lara für später verabredet. Sie war nicht verärgert gewesen, sie hatte gelächelt und gesagt: »*Natürlich* verstehe ich das, die Familie geht vor.« April hätte eine Woche lang getobt und geschimpft.

»He, Frank«, röhrte Enzio, »Anna Maria macht die besten Spaghetti der Stadt, du kannst dich glücklich schätzen, wirklich wahr.« Enzio unterbrach sich, um zu rülpsen. »Jedoch könnte ich ihr noch ein paar Tips für die Soße geben — eine Spur mehr Kräuter, stärkeren Wein . . .«

Anna Maria lachte nervös. Frank blickte zu Beth, sie war hereingekommen, um dem jüngsten Kind beim Essen zu helfen. Ihr langes Haar war aus dem Gesicht gebunden, und sie sah blaß aus. Wie schnell Anna Maria wohl einschlafen wird, ging ihm durch den Sinn, wie bald er wohl mit Beth zusammen sein konnte. Ein Nerv zuckte leise auf seiner Backe. Nach dem Essen würden sie geschäftliche Dinge besprechen, es konnte spät werden.

Später schickte Enzio Anna Maria mit den Kindern aus dem Zimmer. Er nippte an einem kleinen Glas Sambuca, und seine Augen waren meistens auf Frank gerichtet, als er sprach.

»Es spricht sich ziemlich schnell herum, wenn man keinen Mumm in den Knochen hat«, sagte er mürrisch.

»Was?« machte Frank, der spürte, wie Ärger und Enttäuschung seinen Körper durchflutete.

»Wenn in unserem Geschäft dir jemand eins drauf gibt, gibst du's ihm direkt zurück, da hängst du nicht erst lange herum, da machst du kurzen Prozeß.«

»Ich hab' versucht, herauszufinden, wer dafür verantwortlich ist.«

»Scheiß drauf!« schrie Enzio. »Ist doch ganz egal, wer verantwortlich ist. Überhäuf sie alle mit Aktionen — der's war, kriegt dabei auch sein Fett ab. Laß dir nichts bieten, Frankie Boy, sonst werden wir alle zusammen untergejubelt.«

Lara strich wie eine Fremde durch ihre Wohnung. Sie haßte die mit Seidenstoff drapierte Decke, die dazupassenden Wände, den kleinen, runden Tisch mit einer Sammlung interessanter Miniaturschachteln.

Sie haßte die exotischen Pflanzen, die sich die mit alten Spiegeln behängten Flurwände hinaufrankten. Sie konnte die Zebraläufer nicht leiden, auch die braunen Ledersessel nicht.

Die Wohnung war von einem Innenarchitekten eingerichtet worden. Der einzige Ort, an dem sich Lara zu Hause fühlte, war das Badezimmer. Hier, inmitten der Schminktöpfchen, Spiegel, Sprays und Bürsten konnte sie sich entspannen.

Sie beschloß, die Wohnung schleunigst zu verkaufen, sobald die Angelegenheit mit Nick beendet war. Es war nicht sinnvoll, sich mit Dingen zu umgeben, die der Vorstellung von gutem Geschmack eines anderen entsprachen.

Aber wann war die Angelegenheit mit Nick beendet? Fing sie nicht gerade erst an?

Manchmal war Lara ganz durcheinander. Ob es klappen würde? Wenn ihn April Crawford rausschmiß – träfe ihn das wirklich so sehr? Und wenn sie ihn ein paar Wochen tröstete und ihn dann fallenließ, was dann? Selbst wenn es ihn sehr mitnahm, würde es auch Enzio Bassalino treffen?

Lara seufzte. Sie wollte helfen, und damals war ihr Rios Idee perfekt vorgekommen, aber jetzt ... jetzt war sich Lara gar nicht mehr sicher. Vielleicht hatte Dukey doch recht.

Lara machte sich für ihre Verabredung mit Nick im *Le Club* fertig: ein schwarzes Jerseykleid, eng wie eine Schlangenhaut und rückenfrei, dazu eine Juwelenkette aus Afghanistan und den halben Arm hinauf dünne Silberreifen.

Heute mußte es geschehen. Sie würde ihn mit zu sich nach Hause nehmen und mit ihm ins Bett gehen. Sie würde ihn so lange dabehalten, bis er die Klatschspalten der Morgenzeitungen gelesen hatte. Je später er April anrief, desto besser.

Lara lachte kurz auf. Margaret hätte nicht gutgeheißen, was sie vorhatten. Margaret hätte sich für sie geschämt, daß sie auf Sex zurückgriffen, um ihre Pläne zu verwirklichen.

Das Telefon klingelte.

»Lara? Lara, bist du's?«

»Alfa, woher wußtest du, daß ich hier bin?«

»Jeden Tag versuche ich dich zu erreichen«, sagte er mit beleidigter Stimme, »jeden Tag keine Antwort. Was meinst du, wie ich mich dabei fühle?«

»Tut mir leid, ich mußte an die Westküste.«

»Aber Lara, Lara«, seufzte er, »du hättest mich anrufen können.«

»Ich sagte bereits, es tut mir leid«, gab sie kurz angebunden zurück.

»Na gut, jetzt hab' ich dich endlich, vergessen wir's.« Prinz Alfa merkte, daß Streiten ihn nicht weiterbringen würde. »Willst du, daß ich zu dir komme?«

»Nein.«

»Also, dann flieg du zu mir. Morgen. Ich hole dich in Rom am Flughafen ab, dann gehen wir zusammen nach Gstaad zum Backgammon spielen.«

»Nein.«

»Lara, meine Schöne, jetzt werde ich aber gleich böse.«

»Laß mich noch ein paar Tage, dann komme ich nach Gstaad nach.«

»Wieviel Tage?«

»Nagele mich nicht fest, ruf mich halt morgen wieder an.« Schnell legte sie den Hörer auf und ignorierte das Telefon, als es wieder läutete.

Prinz Alfa war sein Leben lang ein verwöhnter Egozentriker gewesen, es würde ihm guttun, einmal so behandelt zu werden, wie er mit anderen umsprang. Außerdem wollte sie sich nicht zu ihrer Verabredung mit Nick verspäten.

## 22

Angelo rief Rio zehnmal an, bevor er sie endlich erreichte. »He«, sagte er, »ich wollte mit dir wegen neulich reden.«

»Keine Entschuldigungen«, gab Rio mit dunklem, kehligem Lachen zurück, »ich kann's verstehen, ich bin eine *sehr* verständnisvolle Lady.«

»Kann ich dich heute abend sehen?«

»Jetzt hör mal zu, Verständnis hab' ich wohl, aber du und ich, wir haben nicht die gleiche Wellenlänge.«

»Das neulich war ein Mißverständnis«, sagte Angelo schnell. »Ich möchte nicht angeben, aber . . .«

Rio schnitt ihm das Wort ab. »Du bist ein süßer, kleiner, scharfer Junge und für Teenager großartig und für niedliche kleine Dinger, die sich mit 'ner schnellen Bumserei zufrieden geben — aber, mein Lieber, du und ich, wir sind nicht vom gleichen Schlag.«

Angelo fühlte, daß sein guter Ruf auf dem Spiel stand. »Hör zu, das neulich kann ich dir erklären, es war . . .«

»Ja, ja, es war.« Sie legte auf.

Angelo knallte den Hörer auf die Gabel. Wie konnte dieses ausgeflippte Biest von einem Weib wagen, ihn derartig abblitzen zu lassen! Er wollte sie sehen und es ihr dann richtig zeigen. Daß sie ihn für eine sexuelle Niete hielt, konnte er nicht auf sich sitzen lassen. Er war ein großartiger Liebhaber, zahllose Frauen hatten ihm das versichert. Er konnte stundenlang weitermachen, er hatte sich in erstaunlichem Maß unter Kontrolle.

Er nahm den Hörer ab und wählte die Nummer seiner verheirateten Freundin. »Komm rüber, und zwar gleich«, fauchte er ins Telefon.

»Ich kann nicht, eins der Kinder ist krank.«

Angewidert legte er auf. Ging es abwärts mit ihm?

Er wählte die Nummer seiner Freundin, die im Spielcasino arbeitete. Innerhalb einer Stunde war sie da, und er beförderte sie gleich ins Bett. Zwei Stunden lang trieb er sie mit kontrollierten Aktionen von Höhepunkt zu Höhepunkt, und sie gab durch Schreien und Stöhnen ihrer Begeisterung Ausdruck. Aber er mußte feststellen, daß bei ihm nichts ging, und als er sie rausschmiß, war er immer noch hart. Er rief nochmals Rio an.

»Du bist aufdringlich«, sagte sie, »ich mag aufdringliche Kerle nicht, sie widern mich an.« Sie blickte auf die Uhr, es war sechs. »Okay, beeil dich.« Sie legte auf und verließ die Wohnung.

Angelo wartete eine geschlagene Stunde vor ihrem Apartment, niemand antwortete auf sein wiederholtes Klingeln. Er kochte vor Wut. Wofür hielt sie sich eigentlich?

Schließlich ging er in die Bar um die Ecke und trank ein paar Gläser. Dann rief er sie wieder an, aber niemand ging an den Apparat.

Er trank noch zwei Scotch. Er haßte das Trinken, Kiffen lag ihm mehr. Als er endlich ins Casino kam, schwankte er und war streitsüchtig. Eddie Ferrantino schickte ihn daraufhin heim.

Er rief eine Freundin an und ging mit ihr ins *Tramp*. Da saß Rio inmitten ihrer sogenannten Freunde.

»Du Biest!« zischte er sie an.

»Und du bist ein miserabler Liebhaber«, zischte sie zurück.

»Geh mit mir nach Hause, gleich jetzt, und du wirst deine Worte auffressen«, drängte er.

»Mich interessiert etwas ganz anderes, als Worte aufzufressen«, sagte sie mit spöttischem Lächeln.

»Du wirst auch etwas anderes kriegen«, murmelte er.

Er war ganz offensichtlich betrunken. »Los, gehen wir«, sagte Rio.

Sie nahmen ein Taxi. Rio riß sich ihre Kleider vom Leib, sobald sie in seiner Wohnung waren.

Angelo merkte, daß er einen Fehler begangen hatte. Die Sauferei hatte ihn schlaff und groggy gemacht.

»Also?« Rio blickte ihn auffordernd an, die Hände in die Hüften gestemmt, die Beine gespreizt. »Zieh dich aus, Liebhaber.«

Sie streifte ihm selbst die Kleider ab, und er brachte noch nicht einmal einen Steifen zustande. Er schämte sich und fühlte sich elend.

Sie brach in Hohngelächter aus. »Gib mir Bescheid, wenn du 'n erwachsener, großer Junge geworden bist.«

Sie schlüpfte in ihre Kleider und ging.

## 23

Es war spät, als sich Nick endlich aus dem Haus seines Bruders zurückziehen konnte. Es hatte viel zu besprechen gegeben, so viele Probleme. Nick hatte nicht das Gefühl, ihn ginge das Ganze allzuviel an, denn bei ihm in Kalifornien lief alles ganz glatt. Die Übergriffe und Morde in New York betrafen ihn nicht wirklich.

Als er sich in diesem Sinn geäußert hatte, war Enzio wütend geworden. »Schwachkopf!« hatte er ihn angeschrien, »was heute hier geschieht, kann dir morgen dort auch blühen. Du glaubst wohl, du hast einen besonderen Schutzengel! So ein Blödsinn.«

Beide, sowohl Enzio als auch Frank, waren wütend auf ihn, weil er ohne Leibwächter rübergeflogen war.

»Du rührst dich in New York ohne Begleitschutz nicht von der Stelle!« hatte Enzio ihn angebellt, und Frank hatte eifrig zugestimmt. Sie schickten Chauffeur und Wagen fort, den Nick am Flughafen gemietet hatte, und ersetzten ihn durch zwei von Franks Leuten. Wie sich wohl Lara mit zwei bewaffneten Wachposten vor der Wohnungstür fühlen wird, dachte Nick.

Es war sehr spät, als er ins *Le Club* kam. Lara saß mit einer Gruppe von Leuten zusammen, die Nick glücklicherweise nicht kannte. Sie stellte ihn vor, aber ihm wäre lieber gewesen, sie hätte es nicht getan. Je weniger Leute wußten, wer er war, desto besser.

Er ließ seinen Blick über die anwesenden Leute schweifen, konnte aber kein bekanntes Gesicht entdecken. Das war gut so. In jedem Fall war er nicht *allein* mit Lara hier, man konnte nur schwerlich annehmen, daß sie zusammen hier waren. Er war sogar nach ihr gekommen.

Nick entspannte sich etwas. Lara sah wie immer wunderschön aus. Er wollte sie anfassen, sie in den Armen halten. Er hatte es satt, sie nur in Diskotheken oder auf Partys zu sehen. Er faßte unterm Tisch nach ihrem Bein. »Gehen wir«, flüsterte er.

»Du bist eben erst gekommen«, schalt ihn Lara lächelnd, »es wäre unhöflich.«

»Hör zu«, der Griff an ihrem Bein wurde fester, »die können mich alle mal.«

»Wirklich?« fragte Lara amüsiert. »Du liebe Güte, wie der Klimawechsel dich verändert hat. Komm, gehen wir tanzen.«

Er hatte keine Lust zu tanzen, er wollte einfach raus hier.

Lara zog ihn auf die Tanzfläche und drängte sich an ihn. Er fühlte die Erregung, ahnte, was ihn alles erwartete. Zum Teufel mit April, er war frei, er war noch nicht mit ihr verheiratet.

In New York gab es ein italienisches Restaurant, *Pionocchios*, das jedesmal, wenn Enzio in der Stadt war, ihm einen königlichen Empfang bereitete. Es war ein Familienunternehmen: Mutter, Vater, zwei Töchter und ein Sohn. Sie ahnten Enzios Wünsche voraus, und an den Abenden, die er dort verbrachte, wurden die Tische nur an Leute vergeben, die ihm genehm waren.

An einem dieser Tische saß Kosta Gennas. Ein kleiner, schwitzender Mann mit schwarzen Zähnen und knorriger Haut. Irgendwie paßte es nicht zusammen, daß er mit den drei schönsten Mädchen des Lokals zusammensaß.

Er kaute auf dem Ende einer kurzen, dicken Zigarre herum und nuckelte mit einem speziellen Silberstrohhalm an seinem Scotch.

Keiner am Tisch sprach. Die Mädchen, drei verschiedenartige Schönheiten, starrten Löcher in die Luft. Alle drei trugen sie altmodische, nach hinten gekämmte Frisuren, obwohl jede von ihnen eine andere Hautfarbe hatte. Sie waren alle drei vollbusig und langbeinig.

Als Enzio Bassalino hereinkam, sprang Kosta Gennas abrupt auf. Enzio nickte ihm im Vorübergehen kurz zu, aber eine volle Stunde verstrich, bis er ihn aufforderte, sich zu ihm an den Tisch zu setzen. »Mir gefällt die Blonde«, sagte Enzio, »wer ist sie?«

»Neunzehn Jahre alt«, beeilte sich Kosta zu antworten, »nettes Mädchen, arbeitet hart, erst seit zwei Monaten bei uns. War mit irgend so 'nem Kerl verheiratet. Als er abhaute, dachte sie sich, es gibt bessere Möglichkeiten, sein Leben zu finanzieren. Wir haben sie für Brasilien aufgehoben, wäre dort eine Sensation gewesen. Natürlich, als ich hörte, daß Sie jemanden suchen, habe ich sie noch behalten . . .«

»Ist sie sauber?« fragte Enzio.

*»Ist sie sauber?«* echote Kosta erstaunt und blickte fragend in die Runde der sechs oder sieben männlichen Begleiter Enzios, »er fragt mich, ob sie sauber ist. Würde ich denn jemals . . .«

»Genug«, unterbrach ihn Enzio scharf. Er mochte Kosta Gennas nicht, er hatte ihn noch nie gemocht. Aber Kosta hatte immer die besten Mädchen, und er wußte genau, was Enzio gefiel. »Schick sie rüber«, brummte er.

Das Mädchen kam mit wogendem Busen auf übertrieben hohen Schuhen herübergestöckelt. Es lächelte aufgeregt, und Enzio gab ihm Zeichen, sich neben ihn zu setzen. Eingehend betrachtete er es. Ein spitz zulaufendes, hübsches Gesicht, in dem die vollen, leuchtend roten Lippen am meisten auffielen. Grüne Lidschatten über grauen Augen, die Sommersprossen konnte man nur ahnen, denn sie hatte sich bemüht, sie zu verbergen. Die Figur war perfekt.

»Wie heißt du?« fragte Enzio freundlich.

»Miriam«, flüsterte das Mädchen mit Monroe-Stimme.

»Also gut, Miriam«, sagte Enzio, und seine Augen verschlangen gierig die tiefe Furche zwischen ihren Brüsten, »was hältst du davon, bei mir in meinem Haus in Miami zu wohnen?«

Anna Marias Wecker läutete jeden Morgen um sechs Uhr. Dann, schwerfällig von ihrem schwangeren Zustand, tappte sie im Dunkeln zur Küche. Sie liebte es, morgens in der Küche zu sitzen, warmen Tee zu trinken und zu beobachten, wie der Tag graute. Sie hatte die Zubereitung des Frühstücks nie gern jemand anderem überlassen. Es machte ihr Spaß, es selbst zuzubereiten, den heißen dikken Porridge zu rühren, das Brot zu rösten, die selbstgemachte Pflaumenmarmelade auf den Tisch zu stellen. Um sieben, wenn alle erschienen, hatte Anna Maria schon alles fertig.

Sie war eine kräftige Frau, aber nach vier Schwangerschaften waren ihre Beine müde, und ihr Leib hatte fast ins Unmäßige nachgegeben. Sie hoffte, das Kind würde bald kommen. Frank zog sich von ihr zurück, wenn sie schwanger war. Er berührte sie nie, ja vermied sogar, sie anzusehen. Er sagte nie etwas, aber sie kannte das schon. Es machte sie traurig. Schließlich war er es, der viele Kinder wollte.

Anna Maria schlüpfte in ihren Morgenmantel. Sie fühlte sich erschöpft und hoffte, daß es heute losgehen würde. Der gestrige Tag war so hektisch gewesen, Enzios Besuche waren anstrengend. Für seine Lieblingsgerichte hatte sie soviel kochen müssen, die Kinder waren unruhiger als sonst, Frank schlecht gelaunt und nervös. Es schien ihr, als ob sie eben erst ins Bett gegangen war, aber schon hatte der neue Tag begonnen.

Sie schleppte sich in die Küche, schaltete das Licht an und starrte ungläubig ihren Mann Frank an. Er war über Beth gelehnt, die sich nach rückwärts über den Tisch gelegt hatte. Sein Gesicht war gerötet, er keuchte. Er war bekleidet, aber sie war nackt, ein weißes Nachthemd lag zerknüllt am Boden.

Anna Maria griff nach dem Kruzifix, das sie am Hals trug, und ihre Augen weiteten sich vor Schmerz.

»Verdammt!« keuchte Frank. Er war kurz vor dem Höhepunkt, und da Beth sich ihm zu früh entwand, spritzte jetzt noch zu allem Überfluß sein milchig weißer Samen auf den Küchenboden.

»Du Miststück!« schrie er Anna Maria an, »du gottverdammtes Miststück, mir nachzuspionieren!« Sein Gesicht war rot vor Zorn.

Anna Maria machte kehrt, aber es war zu spät. Frank raste, außer sich vor Zorn, mit hoch erhobener Faust hinter ihr her. Als sie von seinem Schlag getroffen wurde, fiel sie zu Boden. Er stand über ihr und holte aus, um ihr noch mehr zu geben.

Beth konnte kaum fassen, was vor ihren Augen geschah. Das hatte sie nicht gewollt. Als sie die Uhrzeit auf Anna Marias Wecker verändert hatte, hatte sie damit bezwecken wollen, daß sie entdeckt wurden, aber niemals hätte sie vermutet, daß Frank total durchdrehen würde.

Einen Moment lang stand sie wie gelähmt da, aber dann wurde ihr mit einem Schlag voll bewußt, was er seiner Frau antat. Sie warf sich auf ihn und versuchte, seine wütenden Fäuste, die auf seine Frau hinabsausten, zurückzuhalten. Sie flehte ihn an, aufzuhören.

Es schien ihm mit einemmal klarzuwerden, was er tat, und er hielt inne. »Mein Gott!« stöhnte er, »mein Gott!«

Anna Maria lag regungslos da, und einen kurzen Augenblick dachte Beth, sie sei tot. Doch als sie sich zu ihr hinabbeugte, hörte sie schwaches Atmen, und ohne Frank zu fragen, telefonierte sie nach dem Notarzt.

Frank weinte und versuchte, Anna Maria in seinen Armen zu wiegen, als die Sanitäter eintrafen.

»Sie ist die Treppe runtergefallen«, sagte er zu den Männern.

Sie warfen sich darauf bedeutungsvolle Blicke zu, diese Geschichte war ihnen schon öfter erzählt worden.

Dann begann Anna Maria zu stöhnen, ein schreckliches, lautes, tierisches Stöhnen.

»Bringen Sie sie ins Krankenhaus, schnell!« drängte Beth, »ich glaube, das Kind kommt.«

## 24

In Leroy Jesus Bauls' ausdruckslosen Augen zeigte sich fast kein Funken von Interesse, als der Notarztwagen vor Frank Bassalinos Haus hielt. Er kaute auf seinem Kaugummi herum, langsam, methodisch. Jetzt nahm er ihn aus dem Mund, formte ihn zu einem festen, harten Ball und rollte ihn zwischen den Fingern.

Wie einfach würde es sein, Frank Bassalino umzulegen. Ein sorgfältig gezielter Schuß zwischen die Augen — das reinste Kinderspiel. Bis diese Schwachköpfe, offensichtlich seine Leibwächter, reagierten, war Leroy Bauls längst getürmt.

Es war leichter, als den Alten umzulegen. Der wußte, wie man sich schützte. Überall, wo er auftauchte, war er von seinen Männern umgeben und abgeschirmt. Natürlich schützte er sich auf altmodische Weise, es gab so viele andere Möglichkeiten, ihm beizukommen.

Leroy gähnte. Schade, daß es hier nichts zu tun gab. Aber er kannte seine Aufgabe, und wenn die Gelegenheit sich bot, und wenn Dukey K. Williams den Befehl zum endgültigen Angriff gab . . .

Er ließ den Kaugummi auf den Boden fallen. Er hatte zu tun. Es würde allerhand Geschick erfordern, die Bassalinos zu erledigen, aber er würde es ihnen schon zeigen.

Langsam schlenderte Leroy zu dem Transportwagen zurück, den er sich gemietet hatte. Er hatte billige Sachen an. Auf dem T-Shirt stand in deutlich lesbaren Lettern *Samons Linens*, der Name einer Wäscherei, aufgedruckt. Als er im Wagen saß, stülpte er sich eine schwarze Lederkappe auf den Kopf und setzte eine gelbgetönte Sonnenbrille auf.

Mit verkniffenem Lächeln fuhr er an. Er konnte sich bereits vorstellen, was die Zeugen sagten: »Ein Schwarzer war's, ja, ungefähr zwanzig, groß.« Dann: »Woher soll ich wissen, wie er aussah — ein Schwarzer war's halt.«

»Wir sehen alle gleich aus«, murmelte Leroy vor sich hin, »alle sehen wir gleich schön aus.«

Vorsichtig lenkte er den Wagen. Ein kleiner Unfall wäre nicht günstig, überhaupt nicht günstig.

*Barbarellis* war ein großes, an einer der Hauptstraßen gelegenes Restaurant mit Bar. Leroy parkte den Wagen unmittelbar davor und stieg aus. Er hob einen großen Wäschekorb aus dem Laderaum und trug ihn mit Mühe hinein.

Ein Mädchen war an einer Kasse damit beschäftigt, Rechnungen zu addieren, und ein runzliger alter Mann fegte lustlos mit einem Besen den Boden.

»'n Morgen, Samons Linens, was mitzunehmen?« sang Leroy.

Das Mädchen blickte kaum auf. Es arbeitete erst seit einer Woche hier. »Keine Ahnung«, sagte es, »'s is noch keiner da. Stell's einfach auf 'nen Tisch.«

»Gut.« Vor sich hinpfeifend, wählte Leroy einen Tisch am Fenster. Der alte Mann blickte nicht auf. »Komm morgen wieder vorbei«, sagte Leroy.

»Okay«, erwiderte das Mädchen uninteressiert. Immer noch pfeifend, verließ Leroy das Lokal.

Als er drei Block weiter war, hörte er die Explosion.

Ein seltsames, fast sinnloses Gefühl durchzuckte ihn. Vorsichtig zog er einen neuen Kaugummi aus der Pakkung, und noch vorsichtiger lenkte er den Wagen zu seinem nächsten Ziel.

*Manny's* war ein Nachtclub, vorn zur Straße war alles zu. Leroy hob den Wäschekorb vom Wagen und begab sich zum Hintereingang. Er war offen, doch es schien niemand da zu sein. Er trug den Korb an mehreren, schmutzig aussehenden Ankleidekabinen vorbei über die Tanzfläche und stellte ihn auf einen Tisch.

Er fing an, leicht zu schwitzen, denn der Korb war schwer, und es blieb nicht soviel Zeit. Als er wieder gehen wollte, öffnete sich die Tür zur Damentoilette, und eine Stimme sagte: »He, mein Junge, was machst du denn hier?«

Leroy lächelte. »Samons Linens«, sagte er.

Die Frau kam herangewackelt. Sie war dick und alt, offensichtlich die Putzfrau, und sie hatte ein kleines, munter dreinblickendes Kind bei sich. Was Leroy störte, war, daß sie beide dunkelhäutig waren.

»Wir haben nichts mit Samons Linens«, sagte die alte Frau, »also mach, daß du mit dem Korb genauso schnell wieder rauskommst wie du reingekommen bist.«

Leroy blickte schnell auf seine Uhr. Die Zeit wurde knapp. Scheiße, schrie eine Stimme in seinem Kopf. Scheiße! Scheiße! Scheiße! Sei vernünftig und bring deinen Arsch in Sicherheit, sagte ihm die Stimme. Aber er brachte es nicht fertig. Es waren seine Leute. Schwarz tötete nicht Schwarz.

»Tja, meine Dame«, sagte Leroy ruhig, »würden Sie die Güte haben, mit mir rauszukommen und das dem Fahrer zu sagen?«

Die Frau blickte ihn mißtrauisch an, dann sagte sie zu dem Mädchen: »Du bleibst hier, Vera May, und daß du nichts anrührst, hörst du?«

Leroy dachte fieberhaft nach. Sollte er ihr die Wahrheit sagen? Nein, die Alte würde ihm nicht glauben. Auf jeden Fall war keine Zeit zu verlieren. Kurz entschlossen hob er das Kind hoch und rannte den Weg, den er gekommen war, in umgekehrter Richtung. Das Kind begann zu schreien. Leroy blickte zurück. In panischer Angst, wild mit den Armen herumfuchtelnd, lief die Frau hinter ihnen her.

In seinem Kopf begann der Countdown — 60, 59, 58. Es war zu spät, jetzt noch den Wagen zu holen. Der Wagen würde zusammen mit dem Gebäude hochgehen. 45, 44, 43. Endlich waren sie aus der Gefahrenzone.

»Halt die Klappe«, fuhr er das Kind an. Die alte Frau war ebenfalls bald weit genug weg, zumindest einen Block weiter.

Er rannte die Straße hinunter, das Kind an sich gepreßt, und hinter sich hörte er die Schreie der alten Frau: »Haltet den Mann, haltet ihn auf — er hat meine Vera May, mein Kindchen!«

Passanten starrten ihn an, aber niemand versuchte ihn aufzuhalten. Dies war New York, die Leute dachten gar nicht daran.

An der Ecke blieb er stehen, jetzt, jede Sekunde mußte es losgehen. Er setzte das Kind ab. »Hier bleibst du stehen!« sagte er, in einiger Entfernung sah er die Frau näherkommen.

Er preschte in Richtung U-Bahn los, verärgert über seine eigene Dummheit.

Dann war laut und deutlich das Getöse der Explosion zu hören. Die Frau und das Kind standen wie erstarrt, während die anderen Leute in Richtung des Lärms rannten.

Leroy huschte die Treppen zur Untergrundbahn hinunter. In der Männertoilette riß er sich das Samons-Linens-Hemd, die Mütze und die Brille vom Leib.

Er hatte heute morgen gute Arbeit geleistet. Damit hatte er der Bassalino-Familie sicher einiges gezeigt. Und Dukey K. Williams war sicher hocherfreut.

## 25

Angelo kannte das Gefühl nicht, ein Gefühl, das ihm wie ein Kloß im Magen saß und ständig in seinem Kopf herumging: Rio Java, Rio Java. Er konnte an nichts anderes mehr denken als an Rio Java.

Sollte das Liebe sein, dachte er bitter. Nein, Liebe konnte diese beharrliche, nagende Besessenheit nicht sein. Sie war keine schöne Frau, noch nicht einmal eine besonders junge Frau. Sie war schlichtweg ein Freak, ein ein Meter dreiundachtzig großer, scharfer Indianerfreak.

Er nahm sich vor, sie zu vergessen.

Sein Vater rief von New York an. Probleme, wo man nur hinblickte, auch Drohbriefe waren eingegangen. Angelo sollte möglichst nicht ohne Begleitschutz ausgehen.

»Ach, du übertreibst«, wagte Angelo einzuwerfen. Was sein Vater sagte, klang wie aus einem alten Gangsterfilm.

»Lies die Zeitungen, ahnungsloser Kindskopf, laufend neue Anschläge! Du bist mein Sohn, mit dir könnte jemand eine ordentliche Summe Geld herausschinden. Ich hab' die Stevestos angewiesen, dir einen Leibwächter zu besorgen.«

Angelo stöhnte. »Jetzt hör mal zu ...«

»Nein, *du* hörst zu. Mir ist zu Ohren gekommen, daß du dich besoffen rumtreibst. Nimm dich zusammen, oder ich hol' dich hierher zurück. Willst du das?«

Angelo schluckte eine freche Antwort hinunter. Ihm gefiel es in London. Je mehr Abstand zwischen ihm und seiner Familie bestand, um so lieber war es ihm.

Ein Mann, den alle Shifty Fly nannten, war zu seinem Schutz abgeordnet worden. Es ärgerte Angelo, daß er nun überallhin verfolgt und begleitet wurde.

Shifty Fly machte seinem Namen alle Ehre, gerissen war er. Er hatte kleine, wäßrige, stechende Augen, und unter dem grauen Anzug, seiner üblichen tristen Standardkleidung, hielt er stets seinen Revolver im verschwitzten Schultergurt verborgen.

»Das soll wohl ein Witz sein«, beschwerte sich Angelo bei Eddie Ferrantino.

Eddie blickte ihn ungerührt an. Immer wieder mußte er sich wundern, daß dieser kleine bärtige Taugenichts tatsächlich Enzio Bassalinos Sohn war. »Sei ein braver kleiner Junge und tu, was dein Vater sagt.«

Zum Teufel mit dem ›kleinen Jungen‹. Angelo hatte davon absolut die Nase voll. Zuerst Rio und jetzt noch Eddie. Was dachten sie eigentlich, wer sie waren?

Er ging mit seinen verschiedenen Freundinnen aus und zeigte es ihnen regelmäßig. Es gab keine Klagen. Er zwang sich dazu, Rio nicht anzurufen. Ein schlechtes Weib war das, er hatte genug davon gekostet, der Appetit war ihm vergangen.

Eine Woche hielt er es aus, dann rief er sie an.

»Hallo Rio, hier Angelo.«

»Welcher Angelo?«

Miststück! »Angelo Bassalino.«

»Ich muß mal überlegen, ich glaub' nicht, daß ich mich an einen Angelo Bassalino erinnere . . .«

Er lachte nervös. »Laß die Scherze. Ich dachte, dir könnte vielleicht ein gutes Essen gefallen.«

»Ja, ich liebe gutes Essen. Jeden Abend esse ich gut, und du?«

»Ich auch.«

»Warum bist du dann noch nicht weg, um dein Abendessen nicht zu verpassen?« Damit legte sie auf.

Er schickte ihr Blumen, etwas, was er *nie* zuvor getan hatte. Als sie verwelkt waren, schickte sie sie zurück. Auf dem beigefügten Zettel stand: »Seltsam — wird alles, was von dir kommt, so schnell schlaff?«

Obwohl er seine Freundinnen weiterhin gut bedienen konnte, mußte er feststellen, daß es für ihn einfach unmöglich war, zum Höhepunkt zu kommen. Stets blieb er hart wie ein Felsen, ganze Ewigkeiten hätte er so weitermachen können. Es verursachte ihm größtes körperliches Unbehagen. Wenn sein Penis abschwoll, blieb ein Druck in der Magengegend zurück, der die ganze Nacht über anhielt.

Dazu kam noch, daß Shifty Fly, dieser ekelhafte, schleimige Kerl, ihn auf Schritt und Tritt verfolgte.

Rio war zufrieden, wie die Dinge sich entwickelten. Sie hatte immer schon die Macht besessen, sich Männer durch Sex hörig zu machen. Larry Bolding war eine der wenigen Ausnahmen gewesen, und das deshalb, weil er so ängstlich um seine Frau, seine politische Karriere und seinen guten Ruf besorgt gewesen war.

Mann, könnte sie ihm seinen guten Ruf ruinieren! Wenn der Tag gekommen war, dann ...

Es war jetzt eine Woche her, daß sie Angelo die Blumen zurückgeschickt hatte. Die Zeit war reif. Sie nahm den Hörer ab und wählte seine Nummer. Er lag in tiefem Schlaf.

»Ja?« ertönte eine schläfrige Stimme.

»He du«, sagte Rio, »glaubst du nicht, daß es an der Zeit ist, daß ich dir mal zeige, wie man richtig bumst?« Schweigen am anderen Ende der Leitung. »Die letzte Chance«, fuhr Rio fort, »schwing dich schnell rüber, und ich zeig dir ein paar Tricks, die du dein Leben lang nicht mehr vergessen wirst!« Sie legte auf.

Angelo machte, daß er aus dem Bett kam. Es war bereits Mitternacht vorbei. Er warf sich ein paar Sachen über und verschwand durch den Hintereingang. Das war eine Angelegenheit, bei der Shifty Fly ihn nicht begleiten sollte.

## 26

Lara ging im Wohnzimmer auf und ab und zog nervös an ihrer Zigarette. Es war früher Morgen, der Tag graute, New York nahm nach und nach Gestalt an.

Warum hatte sie sich jemals darauf eingelassen?

Nick schlief noch. Warum mußte es ausgerechnet Nick sein?

Ihre Hand zitterte leicht, ihre Backen waren gerötet, ihr Haar wirr. Sie wollte das Spiel nicht länger mitspielen. Nick war nicht verantwortlich für Dinge, die sein Vater getan hatte. Dukey K. Williams hatte recht gehabt, Rio mit ihrem eigenwilligen Plan nicht. So sehr sie auch Margaret geliebt hatte, sie war tot, und sie war durch kein Mittel, keinen Plan und keine Rache zum Leben zu erwecken. Wenn Enzio Bassalino der Schuldige war, dann sollte Dukey auf die Weise mit ihm abrechnen, die er für die richtige hielt.

Sie waren erst um drei Uhr früh vom *Le Club* heimgegangen.

»Gehen wir zu mir ins Hotel oder zu dir?« hatte Nick gefragt.

Sie hatten beide einen leichten Schwips gehabt. »Zu mir.«

Sie hatten sich im Wagen geküßt, hatten geschmust wie zwei Primaner.

»Ich bin wahnsinnig scharf auf dich, Süße«, hatte er gesagt und ihre Hand zu der Ausbuchtung seiner Hose hinabgeführt, die bewies, daß er die Wahrheit sagte.

Irgendwie fühlte sie sich schuldig, daß ihr die Sache Spaß machte. Aber das Schuldgefühl war wie weggeblasen, als er sie in die Arme nahm, ihr das schwarze Sechshundertdollarkleid abstreifte und sie auf dem Fußboden in ihrer Wohnung liebte.

Später gingen sie ins Schlafzimmer, und sie liebten sich noch zweimal, bevor sie in Schlaf fielen.

Wie konnte sie sich nur in jemanden verlieben, den sie hassen sollte?

»Wie wär's mit etwas Kaffee, Prinzessin?« Nackt kam Nick hereinspaziert. Sein Körper war schlank, gestählt, sonnengebräunt. Er legte seine Arme um sie und zog sie zu sich heran. Langsam knöpfte er ihren Morgenmantel auf, streifte ihn von den Schultern und ließ ihn ihren Körper hinabgleiten.

Seufzend lehnte sie ihren Kopf zurück und empfing seine Küsse. Noch nie war es mit jemanden so wie dieses Mal gewesen, noch nie hatte sie jemand so stark physisch angezogen. Es hatte immer Gründe gegeben, weshalb sie mit jemandem ins Bett gegangen war, handfeste, wohlüberlegte Gründe. Mit Nick war es anders. Das heißt, natürlich hatte es da Gründe gegeben, aber die zählten nicht, sie waren daneben unbedeutend.

Nick trug sie ins Schlafzimmer zurück. »Du bist wunderschön«, murmelte er, »wunderschön, wunderschön, wunderschön!«

Sie klammerte sich fest an ihn. Bald würden die Morgenzeitungen erscheinen, wie er sich dann wohl fühlte?

Beth blieb bei den Bassalino-Kindern. Es kam ihr furchtbar vor, was sie getan hatte. Wenn Anna Marias Baby etwas zugestoßen war ...

Frank rief am Morgen an. Seine Stimme klang seltsam. »Pack deine Sachen zusammen und verschwinde«, sagte er zu Beth, »und zwar jetzt gleich. Wenn ich zurückkomme, möchte ich dich nicht mehr antreffen.«

»Ist alles in Ordnung?« fragte Beth, »das Baby?«

Einen Moment lang war es am anderen Ende der Leitung still, dann Franks Stimme, barsch und laut: »Mach, daß du aus meinem Haus rauskommst und hinterlaß keine Adresse, denn wenn ich dich jemals wiedersehe, bringe ich dich um.« Damit schmiß er den Hörer auf die Gabel.

Beth begann zu zittern. Alles war vorbei. Was auch geschehen war, es war vorbei. Sie war frei. Sie konnte gehen.

Sie nahm den Hörer ab, wählte die Auskunft und ließ sich die Nummer des Krankenhauses geben. Sie wußte bereits, was man ihr sagen würde, aber sie mußte sich Gewißheit verschaffen.

»Ich bin eine Verwandte von Mrs. Frank Bassalino, die heute früh eingeliefert wurde, wie geht es ihr?«

Das Telefonfräulein sagte bedauernd: »Tut mir leid, aber wir geben telefonisch keine Auskünfte.«

Beth rannte in ihr Zimmer und packte ihre Habseligkeiten zusammen. Die Kinder überließ sie dem Dienstmädchen. Als sie das Haus verließ, streifte sie ein Gefühl der Erleichterung wie eine kühle Brise.

Sie fuhr mit dem Bus zum Krankenhaus. Zwar hatte sie Angst, mit Frank zusammenzutreffen, aber das Bedürfnis zu wissen, was geschehen war, überwog.

»Mrs. Bassalino starb heute früh um acht«, erfuhr sie von einer Krankenschwester. »Komplikationen durch die Position des Kindes und andere Dinge . . .« Umständlich redete sie drumherum. »Sind Sie eine enge Freundin? Ich denke, Doktor Rogers hätte Sie ganz gern gesprochen.«

»Und das Baby?«

»Was möglich war, wurde getan, aber leider . . .«

Beth machte auf dem Absatz kehrt und fing an zu rennen.

Die Krankenschwester kam hinter ihr her. »Bitte, warten Sie doch, vielleicht können Sie uns helfen . . .«

Beth rannte weiter. Sie hörte erst auf, als sie die Grand Central Station errreichte. Bevor sie den Zug bestieg, rief sie Cass an. »Das ist es wohl, was ihr wolltet«, sagte sie bitter, »aber wie kann das Margaret helfen? Es bringt sie ganz sicher nicht zurück.«

## 27

Sie vögelten.

»Du wirst immer besser«, lachte Rio, »vielleicht hab' ich mich doch geirrt.«

Angelo fühlte sich ganz entspannt. Er hatte sich ganz unter Kontrolle.

Im Hintergrund liefen die sinnlichen Rhythmen der Stones. Es war früher Abend, und die Dinge waren bereits den ganzen Nachmittag erfolgreich verlaufen.

»Ich glaube, jetzt machen wir mal Pause und essen was«, schlug Rio vor. »Hab' 'nen Freund, der bringt uns was Leckeres vorbei.«

Sie rollte sich weg und hob den Hörer ab. Angelo legte sich zurück. Er fühlte sich ausgezeichnet. Sie trieben es nun schon seit Stunden, und er war immer noch in Form.

»Bis bald«, schnurrte Rio ins Telefon. »Sicher, bring Peaches ruhig mit, hier wird bestimmt 'ne Menge los sein.« Rio hopste aufs Bett zurück. »Bald gibt's was zu essen, wie wär's inzwischen mit 'nem Appetitanreger?«

Angelo dachte kurz daran, im Casino anzurufen, daß er heute abend nicht käme, aber zum Teufel damit, das brächte nur wieder Shifty Fly auf seine Spur. Ein Leibwächter vor der Tür, so was Überflüssiges!

Rio nahm ab und zu gern Aufputschmittel. Sie bereitete eine Portion zu und hielt es ihm zum Schnüffeln unter die Nase. Angelo zog es tief ein. »Du bist gar nicht so schlecht«, murmelte Rio, »aber, mein Gott, dein Bart kitzelt vielleicht.«

Enzio lief in einem Ärztezimmer des Krankenhauses mit grimmiger Miene auf und ab.

Frank saß in einem Sessel, den Kopf in den Händen vergraben.

Enzio schimpfte leise vor sich hin. Ab und zu machte er

seinem Unmut laut Luft, und dann prasselte es auf Frank herab.

Dr. Rogers trat ein, ein müde aussehender, bebrillter junger Mann mit Geheimratsecken und kräftigen, aber nervösen Händen.

Enzio klopfte ihm auf die Schulter. »Doktor, wir wissen, daß Sie alles, was in Ihren Kräften stand, getan haben. Sie müssen sich keine Vorwürfe machen.«

Dr. Rogers schüttelte seine Hand ab. »Ich mache mir keine Vorwürfe«, sagte er empört, »ich mache mir nicht die geringsten Vorwürfe.« Er wandte sich Frank zu und blickte ihn durchdringend an. »Leider muß ich sagen, daß das arme Mädchen auf übelste Weise geschlagen worden ist, es gab keine Chance für das Kind, es war . . .«

»Sie ist die Treppe runtergefallen«, stammelte Frank, »ich habe Ihnen das bereits gesagt, sie ist gestürzt.«

»Mr. Bassalino, die inneren Verletzungen Ihrer Frau rühren nicht von einem Treppensturz her. Sie ist geprügelt worden, und das wird auch auf dem Totenschein stehen müssen.« Verächtlich blickte er Frank an. »Mit Sicherheit wird es ein Verhör geben.«

Enzio trat dicht an den Arzt heran. »Haben Sie Familie?« erkundigte er sich.

»Ja«, antwortete der Doktor kurz.

»Hübsche Frau? Nette Kinder?«

»Ich wüßte nicht, was das damit zu tun haben sollte . . .«

»Eine Menge«, unterbrach ihn Enzio. »Als Mann, der eine Familie hat, müßten Sie eigentlich Verständnis dafür haben — gelegentliche Streitereien, Eifersüchteleien. Sehen Sie nicht, wie mein Sohn leidet, wollen Sie es ihm noch schwerer machen?«

»Mr. Bassalino, ich habe meine Pflicht zu tun.«

»Natürlich, natürlich, und ich will Sie auch nicht daran hindern. Ich finde, daß Arzt ein wunderbarer Beruf ist, aber unterbezahlt, wirklich schlimm, ein Verbrechen.

Kaum ausreichend, daß Ihre Frau genug für ihre Schönheit tun kann.« Enzio machte eine Pause. »Sie verstehen, was ich meine, hm? Ich bin ein alter Mann, aber ich sehe immer noch gern ein hübsches Gesicht — es wäre schade, wenn Ihre Frau es einbüßen würde.« Enzio brachte aus seiner Tasche ein Bündel sorgfältig von einem Gummi zusammengehaltener Banknoten zum Vorschein. »Hier sind tausend Dollar, vielleicht können Sie die brauchen.«

Dr. Rogers zögerte, als Enzio ihm das Bündel entgegenstreckte.

»Nehmen Sie's doch«, ermunterte ihn Enzio mit freundlicher Stimme, »erhalten Sie sich eine hübsche Frau.«

Um die Zeit, als die Zeitungen geliefert wurden, war Nick wieder eingeschlafen. Lara sah sie rasch durch. Auf der Klatschseite einer der Zeitungen fand sie den erwarteten Artikel. Er stammte von einer Klatschjournalistin, die mit spitzer Feder zu schreiben verstand und ihn dementsprechend abgefaßt hatte:

> Man muß sich fragen, wie die immer noch vitale April Crichton, Glamour-Star der vierziger Jahre, das wohl macht. Aus unterrichteten Kreisen ist zu erfahren, daß sie nach vier Ehen drauf und dran ist, sich in ein neues Eheabenteuer mit dem dreißigjährigen Beau Nick Bassalino zu stürzen, einem Geschäftsmann aus Los Angeles. Jedoch sollte ihn das jemand wissen lassen, denn als er das letzte Mal gesichtet wurde, war er im Begriff, in Begleitung der bezaubernd schönen Lara Crichton, des hinreißenden sechsundzwanzigjährigen Jet-Setters, eine Maschine nach New York zu besteigen. Letzten Berichten zufolge wurden sie unter anderem Wange an Wange tanzend im *Le Club,* New Yorks schickster Diskothek, gesehen.

Darunter ein in Acapulco aufgenommenes und in *Vogue* abgedrucktes Foto von Lara. Sie sah darauf umwerfend aus. Und daneben ein Bild von April, wie sie müde eine Filmpremiere verläßt.

Ja, das war das Ende von April. Das würde sie niemals verwinden. Aber wo blieb Lara dabei?

Es war nicht fair. Sie hatte nicht geahnt, daß es sich so entwickeln würde. Sie hatte nicht damit gerechnet, daß sie ihn tatsächlich mögen würde. Er war so anders als all die Männer, die sie bisher gekannt hatte, so maskulin, so sinnlich. Es war nichts Falsches an ihm. So wie er war, gab er sich auch.

Sie ging mit der Zeitung ins Schlafzimmer zurück und warf sie ihm hin. »Ich glaube nicht, daß dir das gefallen wird«, sagte sie niedergeschlagen.

Rio hatte fantastische Drinks gemixt: Rum, brauner Zukker, Eier, Sahne, Benediktiner — alles zusammen im Mixer kräftig geschüttelt. Als es an der Wohnungstür klingelte, sagte sie Angelo, er solle im Bett bleiben, sie würde selbst öffnen. Bis auf die hochhackigen Schuhe, die sie so gern trug, marschierte sie nackt zur Tür.

Nach all den Aufputschmitteln, ausgiebigem Sex, den Joints, die sie geraucht hatten, und dem mächtigen Drink fühlte er sich reichlich müde. Angenehm müde. Jetzt würde sie ihn nicht mehr verhöhnen, schließlich hatte er ihr gezeigt, was er konnte.

Er schloß die Augen. Er fühlte sich ein wenig sonderbar, so schwebend. Es war ein anderes Gefühl als das, was er sonst empfand, wenn er betrunken war. Es war fast, als ob sein Geist den Körper verließ und in die Zimmerecke hinüberschwebte, um ihn von dort aus zu beobachten. Sehr komisch, wirklich komisch. Er mußte lachen, aber sein Lachen kam nicht aus seinem Mund, es kam von überallher — seiner Nase, den Ohren, sogar aus dem Arsch. Bei dem

Gedanken mußte er noch mehr lachen, und je mehr er lachte, um so sonderbarer wurden seine Empfindungen.

Eine Menge Leute schienen hereinzukommen. Freundliche, lächelnde Gesichter, die sich über sein Lachen freuten.

Sie zogen sich aus, und die Kleider schwebten langsam durchs Zimmer. Er war zu müde, um sich zu erheben, aber es war ihm trotzdem ganz wohl zumute. Er amüsierte sich wirklich ganz prächtig.

»He, Süßer«, Rios Gesicht trat ganz dicht vor das seine, »erinnerst du dich an Hernando und Peaches? *Beide* wollen sie dich besuchen.«

»Besuchen-suchen-suchen«, hallte das Echo aus dem Raum zurück, bis es sich wie ein indisches *Mantra* anhörte. Er nickte mit dem Kopf, und er schien den übrigen Körper zu verlassen und im Raum herumzuhüpfen.

Hernando legte kräftig Hand an, streichelte sein Geschlecht, nahm es in den Mund, und Angelo stöhnte vor Lust. Sein Penis fühlte sich größer an als sein Körper. Sein Körper war nichts dagegen.

Peaches, ein schmales slavisches Gesicht mit dichtem blondem Haar, entpuppte sich als sehr feinfühlig, nachdem sie Hernando weggestoßen und nun ihrerseits die Sache in die Hand genommen hatte.

Irgendwo hing Rios Lachen schwer in der Luft.

Sie drehten ihn um, und Hernando legte sich auf ihn. Und er wußte, daß es ein Mann war, der sich seinen Weg hineinzwängte, aber es war ihm gleichgültig, es war ihm total gleichgültig. Es war sogar großartig, noch dazu, wo Peaches ihn gleichzeitig in den Mund nahm. Und er glaubte sich im absolut siebten Himmel, und der Höhepunkt war wie eine Explosion, die einer Atombombe Konkurrenz machte. Peng — riesige Pilzwolken. Gleich darauf versank er in tiefen Schlaf.

Nick verhandelte ungeduldig von Laras Schlafzimmertelefon aus mit April Crawfords Dienstmädchen. »Jetzt mach schon, Hattie, ich *weiß*, daß sie da ist. Sag ihr noch mal, daß ich sie *unbedingt* sprechen muß, es ist *sehr* wichtig.«

»Mr. Bassalino«, sagte Hattie am anderen Ende im Flüsterton, »es hat keinen Wert, sie hat sich in ihr Zimmer eingesperrt und will niemanden sprechen.«

»Hast du ihr auch wirklich gesagt, daß ich's bin?«

»Mit Ihnen will sie erst recht nicht sprechen.«

»Verdammter Mist! Hattie, du weißt ja, wie sie ist. Ich werde versuchen, heute noch rüberzufliegen. Mit wieviel Flaschen hat sie sich ins Zimmer gesperrt?«

»Mr. Bassalino!« Hattie tat ganz schockiert. Seit neunzehn Jahren arbeitete sie bei April, weigerte sich aber hartnäckig, zuzugeben, daß April trank.

»Behalte sie im Auge, Hattie, sprich mit ihr, sag ihr, sie soll nicht alles glauben, was in den Zeitungen steht. Ich werde voraussichtlich heute abend da sein.«

Lara, die zusammengekauert im Nebenzimmer das Gespräch abgewartet hatte, kam strahlend herein. »Also«, sagte sie mit gezwungenem Lächeln, »das war's dann also, oder?«

»Was?« sagte Nick kurz angebunden.

»Zurück in Mamas Arme. Ich hoffe, sie verzeiht dir, daß du unartig gewesen bist.«

Nick schüttelte traurig den Kopf. »Lara, Lara, du überraschst mich wirklich.«

*Ich* überrasche *ihn,* dachte Lara verärgert. Du lieber Himmel, sie benahm sich wie ein naiver Schwachkopf, ließ sich von einer gelungenen Liebesnacht blenden. Sie hatte doch allen Ernstes angenommen, daß er bleiben würde, er aber dachte nur daran, so schnell wie möglich zu April zurückzukehren.

»Wann fliegst du?« fragte sie kalt.

»Ich weiß nicht genau, ich muß erst meinen Vater anrufen.«

»Oh, ich verstehe, darfst erst gehen, wenn's Papa erlaubt hat. Wenn Papa also sagt, daß du noch eine Nacht bleiben mußt, werden wir dann eine Wiederholungsvorstellung geben? Schließlich sind wir beide hier, es wäre dumm, das nicht auszunützen.«

»Hör mal zu«, sagte Nick und erhob sich, immer noch nackt, vom Bett, »rede nicht wie eine Hure, das steht dir nicht. Du wußtest, was dich erwartet. Du wußtest über mich und April Bescheid. Ich *liebe* April Crawford, und ich werde sie *heiraten.*«

»Deine Beleidigungen kannst du für dich behalten«, sagte Lara, den Tränen nahe, »zieh dich an und geh.«

Nick zuckte die Achseln. »Wenn es dir was bedeutet, letzte Nacht war Wunderland.«

»Es hat mir was bedeutet, aber jetzt nicht mehr.«

Er versuchte, sie in die Arme zu nehmen, aber sie machte sich los.

»Kommst du wieder nach Los Angeles?« fragte er.

»Mit dir?« fragte sie sarkastisch zurück.

»Du weißt, wie ich's meine.«

»Nein.«

»Wann werde ich dich dann wiedersehen?«

Lara lachte. »Mein Gott, Nick, du bist wirklich zuviel. In einem Atemzug sagst du, wie sehr du April Crawford liebst, und daß du sie heiraten wirst, im nächsten fragst du, wann du mich wiedersehen wirst. Nun denn, du wirst mich nie mehr wiedersehen.«

Er schüttelte den Kopf. »Rechne nicht damit.«

Golli und Segal kamen ins Krankenhaus, um Frank nach Hause zu bringen. »Laßt ihn nicht aus den Augen«, schärfte Enzio ihnen ein, »bleibt immer bei ihm.«

Enzio hatte alle Vorbereitungen für das Begräbnis getroffen, er hatte auch mit Anna Marias Familie gesprochen, die immer noch in Sizilien lebte. Ihre Mutter und ihre Schwester wollten bei der Beerdigung, die für den übernächsten Tag festgesetzt war, anwesend sein.

Enzio konnte immer noch nicht fassen, was Frank, ausgerechnet Frank, getan hatte. Eine schwangere Frau zu verprügeln ... Das war, weiß Gott, eine schlimme Sache. Doch Gott sei Dank war er, Enzio, gerade selbst hier gewesen, um die Angelegenheit ins reine zu bringen, so daß kein Schandfleck auf der Familie blieb. Nie und nimmer hätte er so etwas von Frank, seinem ältesten und — wie bisher angenommen — zuverlässigsten Sohn, erwartet.

Die Strafe würde nicht ausbleiben. Gott würde ihn für eine solche Sünde strafen. Bei bestimmten Dingen glaubte Enzio fest an die Allmacht Gottes.

Das war ein Morgen gewesen! Noch dazu war er von den Sprengstoffattentaten auf *Manny's* und *Barbarelli's* benachrichtigt worden. Das waren diese schwarzen Bastarde, die waren dafür verantwortlich. Denen mußte man Macht demonstrieren. Aber wie sollte man einem Haufen Wahnsinniger, die bei hellem Tageslicht Lokale hochgehen ließen, Macht demonstrieren? Enzio wußte, daß man auf die Attentate eine Antwort geben mußte, sonst stand der Ruf der Bassalino-Organisation auf dem Spiel. Wer würde schon Schutzgelder bezahlen, wenn er keinen Schutz dafür bekam.

Den ganzen Morgen über hatte er versucht, Angelo in London zu erreichen. Wo war der dumme Junge bloß? So ein Ärger — noch mehr Ärger, Enzio konnte das in seinem Alter nicht mehr brauchen. Angelo war nicht im Casino erschienen und hatte es geschafft, ohne seinen Leibwächter zu verschwinden.

Enzio fluchte, als er bei einem erneuten Versuch von der Vermittlung wieder die Auskunft erhielt, daß sich unter dieser Nummer niemand meldete. Er wußte, was er machen würde, wenn er ihn erwischte. Er würde ihn zu Anna Marias Begräbnis beordern, und er würde ihn hierbehalten. Keine flotten Nächte mehr in London. Vielleicht würde er ihn wieder bei Frank arbeiten lassen, jedenfalls sollte er in der Nähe der Familie bleiben, wo man ihn unter Kontrolle hatte.

Nick erschien im Hotel.

»Warum hast du so lang gebraucht?« fuhr ihn Enzio an. »Du hättest im Krankenhaus mit dabeisein sollen.«

»Mich hat die Nachricht eben erst erreicht. Was ist geschehen?«

Enzio zuckte bedauernd mit den Schultern. »Ein Unfall, sie ist die Treppe runtergefallen.«

»Die Treppe runtergefallen? Wie das denn? Wo war Frank? Du lieber Gott, das klingt höchst unglaubwürdig.«

Enzio nickte. »Ich weiß, ich weiß. Sie war schwanger, etwas wacklig auf den Beinen. Ein tragischer Unfall.«

»Sie war so ein netter Kerl . . .«

»Und du?« bellte Enzio ihn plötzlich an. »Wo, zum Donnerwetter, hast du dich die ganze Nacht rumgetrieben? Ich brauche dich, und nirgends bist du zu finden.« Enzio schüttelte den Kopf. »Hast du denn keinen Verstand, Nick? Wir leben in gefährlichen Zeiten.«

»Sobald ich auf war, rief ich im Hotel an«, verteidigte sich Nick, »dann habe ich mich gleich auf die Socken gemacht.«

»Du warst wohl gestern ganz von den Socken«, bemerkte Enzio trocken. »Wenigstens ist es gut, daß du mal die alte Schachtel in Hollywood vergißt. Aber keine Zeit für Unterhaltungen jetzt, du gehst zu deinem Bruder und bleibst bei ihm im Haus.«

»Ich sollte lieber zur Küste zurück, ohne mich . . .«

»Genug!« schnauzte Enzio. »Ich verstehe meine Kinder nicht. Dein Bruder hat seine Frau verloren — *deine* Schwägerin. Tränen sollten in deinen Augen stehen, aber nein, er schwätzt da was von Heimreisen. Ha! Du gehst in Franks Haus, und du bleibst bei ihm, du tröstest ihn. Du bleibst in New York, bis das Begräbnis vorüber ist.«

»Wann ist das?«

»Frag mich nicht!« schrie Enzio. »Raus hier!« Sein Herz klopfte wild, zweifellos ein Zeichen von Überanstrengung. Du lieber Gott, womit hatte er drei schwachsinnige Söhne verdient!

## 29

Dukey K. Williams nahm die Nachricht von den gelungenen Anschlägen frohgestimmt auf. Er beglückwünschte Leroy.

Später suchte er Cass auf. »Ich möchte die Wohnung aufgeben«, sagte er.

Die Wohnung, die er mit Margaret geteilt hatte, gehörte ursprünglich ihr, und nach ihrem Tod hatte Dukey den Wunsch geäußert, dort wohnen zu bleiben. Damals hatte Cass für ihn den nötigen Papierkram erledigt.

Jetzt war er soweit, daß er die Vergangenheit vergessen wollte.

Wenn Margarets Tod gerächt war, wollte er für den Umzug bereits alles vorbereitet haben.

Cass erzählte ihm die Geschichte über Anna Maria Bassalino und über Beths Rückkehr in ihre Kommune.

Er zuckte die Achseln. »Ich hab' euch gleich gesagt, sie soll nichts damit zu tun haben.«

Cass gab ihm recht.

»Hol die andern beiden auch zurück«, bedrängte sie Dukey, »ich steig jetzt voll ein, und ich tu's auf meine Art. Ich will nicht, daß sie mir in die Quere kommen.«

Dann telefonierte Dukey mit seinem Manager: »Kurbele die Show wieder an, Alter, in 'ner Woche geht's wieder los mit der Arbeit.«

Sein Manager war begeistert.

Als nächstes rief er Leroy an. »Mach jetzt kurzen Prozeß. Zuerst Frank beim Begräbnis und dann das Haus. Ich hab' keine Lust mehr, rumzuhängen. Dein Plan, wie besprochen. Der Zaster wartet auf dich.«

## 30

Angelo hatte Schwierigkeiten, die Augen zu öffnen, aber schließlich gelang es ihm doch. Er blinzelte und rieb sich seine verkrusteten, entzündeten Augen. Er befand sich allein auf Rios Bett in Rios Wohnung. Da die Vorhänge zugezogen waren, wußte er nicht, ob es Tag oder Nacht war.

Sein Körper schmerzte, und er hatte ein unangenehmes, ihm unbekanntes Gefühl am Allerwertesten. »Großer Gott!« Langsam und behutsam setzte er sich auf. Was, zum Teufel, war mit ihm geschehen?

Er erinnerte sich noch sehr deutlich, wie er zu Rios Wohnung gefahren war. Er erinnerte sich auch, wie ihn Rio begrüßt hatte. Er erinnerte sich, wie sie gekifft hatten, er erinnerte sich an die Aufputscher, die Drinks. Dann wußte er nichts mehr, eine lange — wie lange? — gähnende Leere.

Die Drinks mußten schuld daran gewesen sein. Die dikken, cremigen, fantastischen Drinks, in die Rio ihren Finger getaucht und ihn damit gefüttert hatte.

Aber wo steckte Rio?

Sich des Unterschieds in seinem Körper bewußt, erhob er sich. Nach und nach dämmerte ihm, wie es geschehen sein mußte.

Er mußte pissen und ging ins Badezimmer. Am Spiegel klebten farbige Polaroidfotos. Sie enthoben ihn jeden Zweifels, was geschehen war. Für den Fall, daß er immer noch nicht überzeugt war, hatte Rio mit Lippenstift auf den Spiegel geschrieben: Nur weiter so! Wußte schon immer, daß du schwul bist.

Er starrte die Bilder an. Sie zeigten ihn mit einem rundlichen, dunkelhaarigen Mann und einem wunderschönen blonden Mädchen. Nur, es war kein Mädchen, es konnte kein Mädchen sein, denn statt Busen hatte es einen Penis.

Angelo hatte schon immer Abscheu davor gehabt, wenn ihm Männer zu nahe kamen. In ihm sträubte sich alles, wenn er von einem Mann berührt wurde, schon ein freundschaftliches Schulterklopfen störte ihn. Ängstlich hatte er jegliche homosexuellen Erfahrungen vermieden. Jetzt das. Und auf den Bildern lächelte er, lachte er sogar, offensichtlich machte es ihm großen Spaß.

Allmächtiger, wenn jemand diese Bilder sah, wenn sein *Vater* sie sah!

Hastig riß er sie vom Spiegel und zerfetzte sie. Dann spülte er die Fetzen die Toilette hinunter.

Erleichtert atmete er auf. Ohne diese Beweismittel fühlte er sich bedeutend besser.

Worüber regte er sich eigentlich auf? Er war nicht schwul, die Hälfte der Londoner Frauenwelt konnte das bezeugen.

Rio war schuld daran. Wo, zum Teufel, steckte sie bloß! Er durchsuchte den Rest der Wohnung und stellte fest, daß niemand da war. Kein Zweifel, sie mußte das Ganze geplant haben.

Nun, dafür sollte sie büßen. Er würde auf Rache sinnen, und zur Abwechslung sollte sie einmal aus der Fassung geraten.

Nick war gegangen. Lara war unruhig und nervös. Alles hatte sich so entwickelt, wie sie geplant hatte, und doch war es anders gekommen.

Wenn April ihn doch zurücknahm? Es war nicht sehr wahrscheinlich, aber was, wenn sie es doch tat? Dann wäre alles sinnlos gewesen.

War wirklich alles sinnlos gewesen? War es sinnlos, daß sie endlich einen Mann getroffen hatte, der in ihr Gefühle weckte, die nichts mit seinem Kontostand oder seinem Titel zu tun hatten?

War es sinnlos, daß sie das erste Mal seit Jahren wieder Vergnügen an Sex gehabt hatte? War es sinnlos, daß sie sich das erste Mal richtig verliebt hatte?

Das stand jedoch nicht zur Debatte. Lara war entschlossen. Was auch geschehen mochte, sie war fertig. Sie wollte nicht länger mitmischen. Sie wollte Nick Bassalino nie wieder begegnen. Sie würde Cass anrufen und ihr das mitteilen. Dann würde sie Prinz Alfa in Rom — oder wo er sich sonst befand — anrufen und ihm sagen, er solle sie abholen.

Nick begab sich zu Frank. Die Kinder waren weinerlich und laut.

»Wo ist das Kindermädchen?« erkundigte sich Nick.

»Nicht mehr da«, lallte Frank. Zusammengefallen, die Augen gerötet, hing er in einem Sessel und trank puren Whisky. Er ließ sich total gehen.

»Das tut mir alles wahnsinnig leid, Frank . . .«, begann Nick. Er hatte seinem Bruder nie sehr nahegestanden. In ihrer Kindheit hatte Frank ihn oft grün und blau geschlagen. Frank war immer der Größte und Stärkste gewesen und hatte auch immer alles am besten gekonnt.

Nick ging in den Raum hinüber, in dem Golli und Segal vor dem Fernseher saßen. Dieses Haus deprimierte ihn. Alt und abgenutzt war es. Dieses Haus mußte schon vor zwanzig oder dreißig Jahren so ausgesehen haben. Nick dachte mit Sehnsucht an sein eigenes Haus in Los Angeles — es war groß und geräumig, weiß und modern. Und Aprils Haus — schön und weitläufig, mit einem See im Garten und einem Swimming-pool im Wohnzimmer. New York konnte ihm gestohlen bleiben — schmutzige Straßen und nervöse Leute. Alle waren sie weißgesichtig und in Eile.

Er ging ins obere Stockwerk hinauf und versuchte noch mal, April zu erreichen. Das gleiche wie vorher. Er sagte Hattie, seine Rückkehr verzögere sich, und erklärte ihr, warum. »Es ist wichtig, daß du ihr sagst, warum«, schärfte er ihr ein. Du lieber Himmel, April war zuzutrauen, daß sie glaubte, er hinge hier herum, um mit Lara zusammenzusein.

Wenn er an Lara dachte, mußte er zugeben, daß es sehr nett gewesen war. Sie war ein ganz entzückendes Mädchen. Aber schöne Mädchen waren eine Landplage in Los Angeles, wo man hinging, stolperte man über sie. April Crawford war ein Original, ein wirklicher Star. Nick war zuversichtlich, daß sie ihm vergeben würde. Er würde ihr erklären, daß an dem Geschwätz nichts Wahres dran war. Lara sei rein zufällig im selben Flugzeug gewesen, das konnte jedem passieren. Und besser als jeder andere wußte April, was von den Klatschgeschichten zu halten war, alles Blödsinn, wer glaubte schon, was da stand?

Ja, Nick war ganz sicher, alles würde sich klären.

Was Lara jetzt wohl tat? Ob sie wohl einhängen würde, wenn er sie jetzt anrief?

Nichts da. Am besten, er vergaß sie.

Er hatte sie begehrt, er hatte sie bekommen. Ende der Geschichte. Du lieber Himmel, war das langweilig, hier im Haus mit Frank rumzuhängen.

»He, Segal«, sagte Nick, »wie wär's mit 'nem Kartenspiel? Gibt's überhaupt Karten in diesem Mausoleum?«

## 31

Mary Ann August wachte in Los Angeles auf. Sie hatte keine klare Erinnerung daran, wie sie dorthin gekommen war. Nachdem Alio Marcusi sie überall abgeschleckt hatte, war noch ein zweiter Besuch, eine Frau mit Namen Claire, aufgetaucht.

Sie erinnerte sich noch, daß sie Angst gehabt und zu Claire gesagt hatte, daß Enzio großen Ärger machen würde, wenn er das herausbekam. Claire hatte gelacht und sie ein Schätzchen genannt. »Mach dir keine Sorgen, Enzio weiß Bescheid. Er will, daß du eine kleine Reise mit mir unternimmst.«

Dann hatte ihr Claire eine Nadel in den Arm gestochen, was sie groggy und gefügig machte, worauf sie sich angezogen und mit Claire das Hotel verlassen hatte. Dann folgte eine Autofahrt, ein Flugzeug, noch mal Auto, und schließlich ein Haus, ein Zimmer und endlich tiefer Schlaf. Soeben war sie aufgewacht.

Sie stand auf. Sie befand sich in einem Schlafzimmer, einem schlichten Raum mit olivgrünen Wänden. Die Fensterläden waren geschlossen. Doch weder die Fensterläden noch die Tür ließen sich öffnen.

Sie starrte ihr Spiegelbild an. Ihr zurückgekämmtes Haar hing traurig und unordentlich herum, die Schminke war verwischt.

Nichts störte Mary Ann mehr, als nicht gut auszusehen. Sie suchte nach ihrer Tasche und fand sie am Boden. Sorgfältig trug sie frisches Make-up auf und ordnete ihr Haar. Als sie damit fertig war, fragte sie sich, wo um alles in der Welt sie sich befand, und was eigentlich vor sich ging.

Während der sechs Monate mit Enzio hatte Mary Ann ein beachtliches Häuflein an Besitztümern angesammelt: Schmuck, Kleider, ein Nerzmantel und natürlich, ihre letzte Errungenschaft, einen langen Chinchillamantel.

An diese Sachen mußte sie jetzt denken. Sie garantierten ihr Sicherheit, wenn Enzio ihrer schließlich überdrüssig sein würde. Mit ihrer Hilfe würde sie sich eine anständige Zukunft kaufen, sie müßte nicht wieder wie früher nackt auf der Bühne herumtanzen, um ihren Lebensunterhalt zu verdienen.

Die Frau, die sich Claire nannte, betrat das Zimmer. Sie war um die vierzig, schlank, etwas maskulin.

»Ich verstehe das Ganze nicht«, sagte Mary Ann, »wo steckt Enzio bloß? Warum will er, daß ich hier bin?«

Claire lächelte. »Er meint, du bräuchtest etwas Abwechslung, er meint, Kalifornien würde dir guttun. Er weiß, daß ich 'ne Menge netter Freunde hier habe, und er meint, daß es dir guttäte, ein paar von ihnen kennenzulernen.«

»Warum hat er mir das nicht selbst gesagt?«

Claire legte ihren Arm um Mary Anns Schultern. »Enzio hat mir gesagt, eine deiner besten Eigenschaften sei es, daß du nicht viele Fragen stellst. Du bist ein sehr hübsches Mädchen, aber diese Frisur werden wir ändern müssen.«

»Aber Enzio mag es, wenn ich die Haare so trage.«

»Enzio wird nicht hier sein . . .«

»Und was ist mit meinen Sachen? Meine Kleider und mein Schmuck und meine Pelzmäntel?«

»Mach dir keine Gedanken darüber, Enzio wird sie nachschicken. Sei ein gutes Mädchen und mach mir die Arbeit nicht schwer, dann wird alles bestens.«

Trotz ihrer Dummheit begann es Mary Ann allmählich zu dämmern, daß hier etwas nicht stimmte.

32

Shifty Fly brachte Angelo sicher an Bord des großen Jumbo Jet Richtung New York.

»Glaube nicht, daß das 'ne lustige Arbeit war«, knurrte er.

»Hör zu, Alter«, erwiderte Angelo, »reg dich nicht auf, das ist dein Job, bloß — du machst deinen Job nicht sehr gut.«

Shifty Fly starrte ihn böse an. Er hatte von Eddie Ferrantino eine gehörige Abreibung bekommen, weil ihm Angelo durch die Lappen gegangen war.

»Wegen mir brauchst du nicht hier rumzuhängen«, sagte Angelo, »ich hau nicht ab.« Er lehnte sich in seinem Sitz zurück und schloß die Augen. Wenn er sie wieder öffnete, war er hoffentlich verschwunden. Tatsächlich, er war es.

Der ganze Tag war ein einziger Ärger gewesen. Von überall hatte man ihn angeschrien. Enzio aus New York, Eddie Ferrantino in London. Was um alles in der Welt er doch Schreckliches getan hatte. Frei, hellhäutig und über einundzwanzig war er, und er hatte es gewagt, mit einem Weib zu schlafen und niemandem gesagt, wo er hingegangen war! Schrecklich, ein Verbrechen!

»Möchten Sie etwas zu trinken bestellen?« fragte eine Stewardeß. Sie war auf eine künstliche, aufgetakelte Weise hübsch.

Normalerweise hätte er bei ihrem Anblick gleich ans Vögeln gedacht, aber sein Kopf war so angefüllt mit anderen Dingen, daß er sie kaum bemerkte. »Nur eine Cola«, sagte er.

Die beiden Plätze neben ihm waren leer, und er war froh darüber. Später würde er sich ausstrecken und ein Nickerchen halten können.

Das Treffen mit seinem Vater war ihm unangenehm. Er

würde sich wieder über sein Aussehen aufregen. Angelo hatte noch nicht mal Zeit gehabt, sich die Haare schneiden zu lassen — es hatte inzwischen die Länge und Fülle eines Rock-Superstars.

Wie gern hätte er zu Enzio gesagt, er könne ihn mal, aber er wußte genau, daß er es nicht fertigbrachte. Und er wußte noch nicht mal, warum er es nicht fertigbrachte.

Der große Jumbo Jet rollte langsam zur Startbahn, und Angelos Gedanken wanderten zu Rio. Sie war ein Satansbraten, die Sorte von Frau, die Enzio das Wasser reichte. Er bewunderte sie. Sie war einfach große Klasse. Sie war unabhängig und tat, was sie wollte. Aber sie hatte auch sadistische Züge, und er war ganz und gar nicht glücklich darüber, daß sie ihm irgendein Zeug, von dem er nicht wußte, was es war, in seinen Drink gekippt hatte.

Ob sie ihn wohl anrief? Sein überstürzter Aufbruch nach New York würde sie überraschen, vielleicht dachte sie sogar, er liefe davon. Aber wovor denn eigentlich? Es gab nichts, wovor er davonlaufen mußte. Ja, irgendein Kerl hatte es mit ihm getrieben — große Sache. Und wenn schon! Die meisten Männer hatten zumindest einmal in ihrem Leben homosexuelle Erlebnisse.

Aber als er daran dachte, bekam er eine Gänsehaut, ein seltsames Gefühl in der Magengegend. Eine unkontrollierbare Erregung kroch durch seinen Körper, und er wußte, obwohl er es sich nicht eingestehen wollte, daß er Lust bekommen würde, es noch mal zu versuchen.

Lara fuhr zum Kennedy Airport, um Prinz Alfa Masserini abzuholen. Sie hatte ihn angerufen und ihm gesagt, sie brauche ihn. Und obwohl er sich gerade in Gstaad inmitten eines Backgammon-Turniers befand, hatte er versprochen, herüberzufliegen und ihr beizustehen.

Sie hatte beschlossen, ihn vom Flughafen abzuholen, weil sie sich beschäftigen wollte. Sie wollte versuchen, wieder in die Welt einzutauchen, die ihr bekannt war. In letzter Zeit hatte sie zuviel nachgedacht, und das war nicht gut. Es machte Falten, ruinierte den Schlaf und weckte in ihr Schuldgefühle, daß sie Tausende von Dollars für Kleidung ausgab, während andere Menschen auf der Welt verhungerten. Prinz Alfa sollte ihr helfen, sie wieder in ihr altes Leben hineinzuziehen. Dafür war Prinz Alfa genau der richtige.

Am Flughafen stieß sie geradewegs mit Nick zusammen. Einen Moment lang starrten sie sich überrascht an, dann lächelte Lara sich den Schmerz aus den Augen und streckte ihre Hand zu ihrem gewohnten europäischen Händedruck aus. »Fliegst du nach Los Angeles zurück?« erkundigte sie sich höflich.

»Nein.« Nick schüttelte den Kopf. »Mein Bruder kommt aus London, und ich hole ihn ab. Und du?«

»Ein Freund aus Europa, ich hole sie ab.« Sie wußte nicht genau, warum sie ›sie‹ sagte. Warum hatte sie nicht gesagt: meinen Verlobten, Prinz Alfa Masserini, einen römischen Prinzen, nicht eine so erbärmliche Promenadenmischung von einem Yankee-Italiener wie dich.

Vierundzwanzig Stunden zuvor waren sie zusammen im Bett gewesen, jetzt standen sie sich wie Fremde gegenüber, nervös — Nick blickte immer wieder auf seine Uhr, Lara blickte umher, in der schwachen Hoffnung, jemanden zu sehen, den sie kannte.

»Ich will mal lieber den Flug checken, mal sehen, ob's pünktlich eintriff«, sagte Nick. »Auf welchen Flug wartest du? Gib mir die Nummer, und ich checke ihn auch.«

Sie gab ihm ein Stück Papier, worauf sie Einzelheiten gekritzelt hatte.

»Warte hier«, befahl er.

Sobald er gegangen war, fühlte sie ein unwiderstehliches Bedürfnis, davonzurennen. Wie kindisch. Sie schlang ihren Luchsmantel fest um sich und harrte aus.

Er war bald wieder zurück. Sie bemerkte, daß er von Frauen beobachtet wurde. Er gehörte zu der Sorte von Männern, auf die man einen zweiten Blick verschwendete, die man zu erkennen glaubte: War das nicht ein Schauspieler oder ein Sänger?

»Wir warten aufs gleiche Flugzeug«, verkündete er, »zwei Stunden Verspätung. Wollen wir ins Flughafen-Motel gehen und uns lieben, total verrückt lieben?« Ein leichtes Lächeln lag auf seinen Lippen. Ein Scherz?

Sie lächelte kalt zurück. »Nein, danke.«

»Schade.« Nick hatte sich wieder ganz unter Kontrolle. »Du siehst sehr hübsch aus, und du hast kürzlich auch sehr hübsche Sachen gemacht.«

»Wie geht's April?«

»Gut«, log Nick, »alles ist in Ordnung. Sie hat eingesehen, daß alles nur Klatsch war.«

»Aber es war nicht nur Klatsch.«

Nick lachte unbehaglich. »Ja, sicher. Du und ich, wir beide wissen das, aber das bleibt unter uns, oder?«

Lara genoß den Augenblick. »Wirklich?«

Nick packte sie fest am Arm. »Ich bestelle dir jetzt einen Drink«, verkündete er, »wir können hier nicht zwei Stunden lang rumstehen.«

»Ich fahre in die Stadt zurück, ich hab' beschlossen, nicht zu warten.«

»Dann hast du genug Zeit, zuerst einen zu trinken.«

Sie wollte nein sagen, sich umdrehen und wegrennen, aus seinem Leben verschwinden. Aber ihr Körper sehnte sich danach, nahe dem seinen zu sein und rührte sich nicht vom Fleck.

Er führte sie in eine Bar und dirigierte sie zu einem Nischenplatz. Sie bestellte Sekt mit Orangensaft, und die Bedienung bedachte sie mit einem Blick, als ob sie eine Nutte vor sich hätte.

»Ich werde wahrscheinlich noch zwei weitere Tage nicht

zur Küste zurückfliegen können«, bemerkte Nick, »wir könnten vielleicht, wenn du auch noch hier in der Gegend bist . . .«

»Was könnten wir?« unterbrach ihn Lara ärgerlich, »noch ein paar heimliche Zwischenspiele mehr geben? Ein bißchen Spaß miteinander haben, aber nur so, daß April nichts herausbekommt?«

»Gestern hattest du nichts dagegen.«

»Gestern wußte ich auch noch nicht, daß du sofort weiche Knie bekommen würdest, sobald du unsere Namen zusammen in der Zeitung siehst.«

»Du weißt über April und mich Bescheid. Ich hab' kein Geheimnis daraus gemacht. Aber das ändert nichts daran, daß ich verrückt nach dir bin, du weißt es. Und dir geht's genauso, stimmt's?« Er nahm ihre Hand in die seine und drückte sie fest. »Wir haben die gleiche Wellenlänge, also kämpfe nicht dagegen an.«

Wie einfach, ihm zuzustimmen. Noch mal zwei oder drei Tage unglaublichen Sex. »Du holtst deine Freunde ab«, sagte er, »ich meinen Bruder. Und wenn wir damit fertig sind, komme ich später in deine Wohnung. Keiner braucht's zu wissen, nur du und ich. So kann gar nichts schiefgehen. Hast du den Reserveschlüssel?«

Rache war süß. »Ja, du kannst einen haben«, sagte Lara und kramte in ihrer Tasche herum. »Wirklich eine gute Idee, Nick.«

## 33

Es war nicht fair, Beth dafür verantwortlich zu machen, überlegte Frank. Sie war nicht schuld daran, daß Anna Maria sie zusammen erwischt hatte. Sie war ein gutes Mädchen, wirklich lieb und besorgt. Er bereute, daß er ihr am Telefon gesagt hatte, sie solle schleunigst verschwinden.

Wie dumm von ihm. Er brauchte sie jetzt, und die Kinder brauchten sie auch. Wie viele Mädchen gab es von Beths Sorte? Nicht viele, das stand fest. Die Zeit der unschuldigen kleinen Mädchen war vorbei. Heute waren sie alle nach Geld aus und raffgierig nach allem, was sie nur bekommen konnten.

Er wollte sie zurückhaben. Aber wie sollte er sie finden?

Er konnte sich nicht mehr daran erinnern, welches der Vermittlungsbüros sie geschickt hatte, und obwohl er in jedem einzelnen hatte nachfragen lassen, kannte man sie offensichtlich nirgends. Er erinnerte sich noch an das Vorstellungsgespräch und die Empfehlungsschreiben, die sie vorgelegt hatte. Aber er hatte die Empfehlungsschreiben gar nicht gelesen, weil er Beth vom ersten Moment an gemocht hatte, und man sehen konnte, daß sie ehrlich war. So befand er sich denn in der mißlichen Lage, daß er weder wußte, wo sie war, noch mehr über sie wußte, als daß sie Beth hieß.

Er setzte Leute auf ihre Fährte. Wahrscheinlich würde sie eine dieser Agenturen aufsuchen, um sich nach einer neuen Stelle umzusehen. Inzwischen konnte er dank seiner eigenen Dummheit nur dasitzen und warten. Und dasitzen und warten bedeutete nachzudenken, aber er mochte die Gedanken nicht, die in seinem Kopf kreisten. Also trank er, und trinken hieß süßes Vergessen, das ihn aber erst nach einer ganzen Flasche Scotch einlullte. Und betrunken sein hieß, daß er nicht arbeiten konnte.

Enzio gab Segal und Golli strikte Anweisung, ihn nicht aus den Augen und nicht aus dem Haus zu lassen. Nach dem Begräbnis war es früh genug, ihn wieder in Form zu bringen, inzwischen hatte Enzio das Steuer in der Hand.

Er traf sich mit seinem alten Freund Stefano Grown. Ihm erging es ähnlich, auch er hatte Probleme mit den neuen, hauptsächlich schwarzen Gruppen, die versuchten, sich in seinen Geschäften breitzumachen.

»Was wirst du machen?«

Stefano Crown zuckte die Achseln. Er war fünfzehn Jahre jünger als Enzio und hatte seine Geschäfte noch voll und ganz unter eigener Kontrolle. »Ich werde mit ihnen handeln«, sagte er, »wahrscheinlich werde ich ihnen was zu tun geben, ein paar von ihnen ins Geschäft rein nehmen.«

Enzio spuckte verächtlich auf den Boden. Er war früher einmal mit Stefano Crown zusammengerückt. »Du gibst ihnen was — sie wollen mehr; du gibst ihnen mehr — dann wollen sie alles.«

»Ich habe legale Geschäfte«, sagte Stefano. »Letzte Woche haben sie zwei meiner Supermärkte hochgehen lassen. Das kann ich nicht haben. Ich kann's nicht haben, daß die braven Leute, die dort für mich arbeiten, sich vor lauter Angst morgens nicht zur Arbeit trauen. Letzte Woche dreiunddreißig Leute weg — *dreiunddreißig*. Das spricht sich rum. Bald sind mir alle weggelaufen, und was mach' ich dann, wenn keine Menschenseele mehr in meinen Schönheitssalons, Garagen und Supermärkten arbeitet? Hm, was dann?«

Enzio spuckte wieder aus. Stefano waren nur seine legalen Geschäfte wichtig. Was für ein Unterschied zu früheren Zeiten. »Wenn du mit ihnen gemeinsame Sache machst, kannst du von mir keine Hilfe erwarten«, sagte Enzio, »ich hab' andere Pläne, bessere Pläne.«

Stefano schüttelte den Kopf. »Ich will keinen Ärger mehr haben. Ich zahle meine Steuern. Ich bin jetzt ein Geschäftsmann. Was will Frank?«

»Ach, Frank«, seufzte Enzio. »Frank hat zur Zeit andere Dinge im Kopf. Hast du von der Sache mit Anna Maria gehört?«

Stefano nickte. »Schreckliche Tragödie.«

»Das Begräbnis findet morgen statt. Deine Anwesenheit wäre ein Zeichen von Anteilnahme.«

»Sicher, sicher. Du bist nicht verärgert, Enzio?«
»Nein, überhaupt nicht.«

Später am selben Tag wurde Stefano Crown durch einen Kopfschuß getötet, als er ein Apartmenthaus am Riverside Drive betreten wollte.

»Schrecklich, daß man sich in dieser Stadt nicht mehr frei bewegen kann«, sagte Enzio teilnahmsvoll, als er davon hörte.

Das Gesicht Alio Marcusis, der zu dieser Zeit gerade bei ihm war, verzog sich zu einem kaum sichtbaren Lächeln.

## 34

»He, Angelo, du siehst blendend aus, wirklich blendend.«

Nick und Angelo umarmten sich lachend. Sie freuten sich beide aufrichtig, einander wiederzusehen.

Angelo strich sorgenvoll über seinen Bart. »Ich glaube, der Alte wird ganz schön durchdrehen, wenn er das sieht.«

»Stimmt, du bist ein bißchen haarig«, gab Nick zu, »aber ein guter Friseur wird damit schon fertig.«

»Oh, vergiß es«, sagte Angelo, »mir gefällt's, er bleibt.«

»Wie du willst«, meinte Nick, »*ich* muß dich ja nicht küssen.«

Angelo blickte ihn scharf an. Hatte diese Bemerkung etwa mehr zu bedeuten?

»Wie war der Flug?« erkundigte sich Nick, »hübsche Stewardessen? Bis zu uns ist es rübergedrungen, daß du's in London ganz schön wild getrieben hast. Warst ja bereits in sehr jungen Jahren ein geiler Sack. Du, erinnerst du dich noch dran, wie du mit dem kleinen Starlet angebändelt hast, und ihr Freund dir den Hintern grün und blau geschlagen hat?«

»Ja.«

»Das dumme bei dir ist bloß, daß sie dich immer erwischen. Mal der Freund, mal der Ehemann.«

Angelo nickte.

»Komm, gehen wir. Enzio wartet schon auf dich. Übrigens, nimm keine Notiz von unserer bewaffneten Eskorte. Enzio hat die Schnapsidee, daß wir beide eine gute Zielscheibe abgeben.«

Angelo blickte um sich und bemerkte zwei Männer in ihrer Nähe. Sie folgten Angelo und Nick zum Wagen und nahmen auf den Vordersitzen Platz.

Nick beachtete sie nicht, aber Angelo fühlte sich reichlich unbehaglich. Er zog Shifty Fly bei weitem diesen beiden anonymen Wächtern vor, die aussahen, als ob sie jederzeit losballern wollten.

»Was, zum Teufel, geht hier vor?« fragte Angelo, sobald sie im Wagen saßen. »Warum hat man mich so plötzlich zurückgeschleppt?«

Nick starrte aus dem Fenster. »Hast du von Anna Maria gehört?«

»Nein, was? Hat sie ihr Baby gekriegt?«

»Sie ist tot, mein Lieber. Sie ist im Haus die Treppe runtergefallen.«

»Die Treppe runtergefallen? Wie konnte das passieren? War sie krank?«

Nick zuckte die Achseln.

»He, ob Frank sie verprügelt hat? Ob dieser lausige Scheißkerl . . .?«

Nick deutete warnend in Richtung der Männer auf den Vordersitzen. »Reden wir später darüber«, sagte er.

»Du lieber Gott!« rief Angelo. »Ich mochte Anna Maria immer gern, sie war wirklich nicht übel — du lieber Gott, Nick, das ist wirklich schrecklich.«

Enzio wartete in Franks Haus. Frank nuckelte in der Küche an seiner Flasche Scotch, Golli und Segal waren stets in seiner Nähe.

Enzio wartete mit Alio im Wohnzimmer. Zwei seiner Männer waren an der rückwärtigen Eingangstür, zwei an der vorderen postiert, zwei weitere in getrennten Wagen draußen vor dem Haus.

Man konnte nicht vorsichtig genug sein, besonders jetzt, da Stefano Crows Sohn auf Rache sann. Offensichtlich glaubte er, daß Enzio für den Tod seines Vaters verantwortlich war.

»Damit habe ich nichts zu schaffen«, verkündete Enzio, gekränkt und zornig, wie Georgio Crown überhaupt auf die Idee kommen konnte, ihn zu verdächtigen. »Das waren diese verrückten schwarzen Bastarde, das waren diese Scheißkerle, mit denen Stefano Partner werden wollte.«

Aber Georgio Crown glaubte ihm nicht. Die Crowns hatten nämlich bereits mit gewissen schwarzen Gruppen Verhandlungen aufgenommen, und Stefano Crown niederzuschießen konnte nicht zu ihrem Vorteil sein.

»Ich denke, Georgio muß als nächster daran glauben«, sagte Enzio milde lächelnd zu Alio. »Arrangiere alles. Und, mein lieber Freund, bitte denk dran, von mir und der Familie ein Trauergebinde zu Stefanos Beerdigung zu schicken.«

Enzio fühlte sich so gut, wie er sich seit Jahren nicht mehr gefühlt hatte. Das Leben in New York war ausgesprochen anregend. Miami war ziemlich langweilig für einen Mann, der sein Leben lang aktiv gewesen war. Zum Teufel mit allen Bassalino-Rivalen.

Enzio gab ihnen jetzt von ihrer eigenen Medizin zu kosten.

Nach dem Drink mit Nick kehrte Lara in die Stadt zurück.

Sie war durcheinander, hin und her gerissen und wütend über sich, daß sie sich in dieses bizarre Geschäft eingelassen hatte.

Von ihrer Wohnung aus rief sie Cass an.

»Rechne nicht mehr mit mir, es tut mir leid, aber ich hab' wirklich die Nase voll.«

»Ich hab' versucht, dich zu erreichen«, erwiderte Cass. »Dukey war bei mir, er will die Sache auf seine Art erledigen. Er will, daß ihr die Finger davon laßt. Ich glaube, er hat recht.«

Lara hörte gar nicht richtig zu. »Ich will einfach nichts mehr damit zu tun haben. Es ist total verrückt, was wir machen.«

»Okay«, stimmte Cass zu, »es war eine verrückte Idee. Jetzt muß ich versuchen, Rio ausfindig zu machen. Ich weiß nicht genau, was Dukey geplant hat, aber was es auch sein mag, es dürfte nicht ganz ungefährlich sein, sich in der Nähe der Bassalinos aufzuhalten.«

»Wahrscheinlich ist sie in New York. Nick hat Angelo am Flugplatz abgeholt. Cass, ich glaube, ich gehe nach Europa zurück.« Sie lachte bitter. »Ich mache wieder in High Life, mische mich wieder unter den Jet Set mit seinen Späßen und Spielchen. Ich lasse wieder von mir hören. Grüße Beth herzlich, wenn du sie siehst.« Sie legte auf.

Wozu war das alles gut gewesen? Nick war nicht zu fassen, er wich ständig aus. Und was Frank Bassalino betraf — sollten sie jetzt alle froh darüber sein, daß seine Frau mitsamt ihrem ungeborenen Kind tot war?

Lara betrachtete ihr Gesicht im Badezimmerspiegel. Sie schien sich verändert zu haben, nur wußte sie nicht, warum. Häßlich, ja, häßlich sehe ich aus, dachte sie. Sorgfältig schminkte sie sich ab, und mit der gleichen Sorgfalt legte sie frisches Make-up auf. Dann ließ sie sich in einen Sessel nieder, starrte die Wohnungstür an und wartete auf Prinz Alfa.

»Du Rumtreiber!« Enzio spuckte aus, schloß Angelo dann in die Arme und küßte ihn auf beide Backen. »Wie du aussiehst, wie ein gottverdammter Kommunist!«

Angelo stimmte in das darauffolgende Gelächter ein. Enzio hatte ihn nun schon seit Jahren auf diese Weise empfangen.

»Schön, zu Hause zu sein, he?« sagte Enzio. »Wenn's Ärger gibt, ist's gut, bei der Familie zu sein.«

»Du hast recht«, stimmte Angelo ihm halbherzig zu. Wenn es Ärger gab, wünschte er sich am liebsten weit, weit weg.

»Hast du deinen anderen Bruder schon gesehen? Geh zu ihm und drück ihm dein Beileid aus.«

»Ist gut, Enzio, mache ich gleich.«

Nick machte sich mit Angelo auf, Frank zu suchen, und sie fanden ihn halb schlafend in der Küche.

»Hallo, Frank, 's tut mir leid, was passiert ist«, sagte Angelo.

Als Antwort kam von Frank nur ein Grunzen.

»Schiet, dieses Haus deprimiert mich«, flüsterte Angelo Nick zu, »hoffentlich soll ich nicht hierbleiben.«

»Nein, du wohnst mit Enzio im Hotel. Anna Marias Mutter und Schwester kommen heute noch angereist, und die werden hier einquartiert.«

»Was stellt sich denn der Alte vor, wie lange ich hier rumhängen soll?«

Nick zuckte die Achseln. »Keine Ahnung. Morgen ist die Beerdigung, und dann hat er die verdammte Idee, daß wir fürs Wochenende nach Miami mitkommen und Rose besuchen. Am Wochenende soll's hier unruhig werden, und er will uns deshalb aus New York raushaben. Ich persönlich würde lieber an die Küste zurückfahren.«

Angelo kratzte sich seinen Bart. »Wünschst du dir manchmal auch, als Waise auf die Welt gekommen zu sein?«

## 35

»Du siehst wundervoll aus«, sagte Prinz Alfa und küßte Lara auf beide Backen. »Du hast dich nicht verändert, bist immer noch die Allerschönste.«

»Es waren nur ein paar Monate.«

»Ein paar Monate zu lang. Ich hab' dich vermißt. Vor meinen Freunden hab' ich ziemlich dumm dagestanden. Dauernd haben sie mich gehänselt und ihre Witze über mich gerissen. Lara ist dir davongelaufen, haben sie gesagt. Deine Familienangelegenheiten haben dich viel zu lang in Anspruch genommen.«

»Tut mir leid«, sagte Lara ruhig.

»Gut, daß es dir leid tut«, sagte der Prinz, lockerte seine Krawatte, blickte dabei in den Wandspiegel und forschte in seinem Gesicht nach Spuren der ermüdenden Reise. »Ich denke, du läufst nicht noch mal so einfach davon.«

»Nein, ich tu's nicht mehr«, versprach Lara. »Es war mir damals sehr wichtig, aber jetzt ...«, sie hob müde die Schultern. »Hast du Hunger? Ich könnte dir ein wenig Speck mit Ei anbraten.«

»Sollen wir nicht zum Essen gehen?«

»Ich dachte, wir würden zu Hause bleiben.« Sie lehnte sich an ihn. »Es ist so lang her.«

Später im Bett schlief Prinz Alfa, und Lara lag wach neben ihm. Er war ein guter Liebhaber, geschickt, wohlüberlegt.

Aber es ließ sie kalt, sie fühlte sich leer und ausgenützt. Mit Nick war es so anders gewesen, so ehrlich.

Ob Nick wohl kommen würde? Sie blickte auf die Uhr neben dem Bett. Es war spät, und sie hoffte, er würde nicht kommen. Es war dumm von ihr gewesen, ihm den Schlüssel zu geben. So eine billige Art von Rache.

Sie wünschte, Prinz Alfa hätte nicht ein solch aufdringliches Schnarchen. Es war sehr störend und hinderte sie am Einschlafen.

Später schlief sie doch fest ein, und sie merkte erst, daß Nick die Wohnung betreten hatte, als er die Schlafzimmerbeleuchtung anschaltete und ihr und Alfa roh die Bettdecke wegzog. Müde und schläfrig gelang ihr dennoch ein schwaches Lächeln. »Hallo, Nick.«

Völlig außer sich rief Prinz Alfa: »Wer ist diese Person?« und langte nach seinen seidenen Unterhosen.

»Du hast wirklich den Vogel abgeschossen«, sagte Nick kopfschüttelnd und durchbohrte sie mit seinen Blicken, »wirklich, du hast den Vogel abgeschossen.«

Sie wagte nicht sich zuzudecken. Sie starrte nur zurück.

Prinz Alfa warf sich einen gemusterten Morgenmantel über. »Was wollen Sie hier?« Seine Stimme wurde immer schriller und überschlug sich fast.

»Nichts will ich hier«, sagte Nick und schleuderte den Wohnungsschlüssel so, daß er auf ihrem Körper landete. »Nichts will ich hier haben, die ist's noch nicht mal wert, daß man für sie bezahlt.«

»Deck dich zu!« schrie Prinz Alfa Lara an.

»Hab' ich alles schon gesehen«, sagte Nick kalt, »jeden bebenden Millimeter dieser erstklassigen Nutte.«

»Ich verstehe nichts mehr . . .«, heulte Prinz Alfa.

»Ich auch nicht, mein Freund, ich auch nicht.« Nick wandte sich abrupt um und wollte gehen, aber Prinz Alfa packte ihn am Ärmel. Nick schüttelte ihn ab. »Haben Sie mit ihr geschlafen?« fragte Prinz Alfa und packte ihn erneut am Ärmel.

»Hau ab, Jüngelchen, bevor ich die Beherrschung verliere«, sagte Nick langsam.

»Sie werden mir die Frage beantworten!«

Mit einer geschmeidigen, geschickten Bewegung stieß Nick sein Knie in Prinz Alfas Unterleib und landete gleichzeitig mit seiner Faust einen Kinnhaken, worauf der Prinz in sich zusammenfiel.

Lara lag vollkommen still. Nick wandte sich vom Prinzen ab und blickte sie an. Er wollte etwas sagen, besann sich eines besseren und ging.

Frank fand keinen Schlaf. Er weigerte sich, ins Bett zu gehen. Ununterbrochen saß er in der Küche auf einem Stuhl und nuckelte an einer Whiskyflasche. Ab und zu nickte er ein. Seit dem Unfall war es so . . .

Niemand sprach ihn an, man ließ ihn in Ruhe. Enzio hatte versucht, mit ihm über geschäftliche Dinge zu reden, aber nach einer Weile hatte er es aufgegeben. »Nach dem Begräbnis wirst du dich zusammenreißen«, hatte er gebrummt, »du kommst ein paar Tage nach Miami und besuchst deine Mutter.«

Er dachte gar nicht daran, nach Miami zu gehen. Nirgends ging er hin, bevor man Beth nicht gefunden hatte.

Anna Marias Mutter und Schwester trafen ein. Sein Glück, daß die beiden nicht Englisch sprachen. Nach einer kurzen Begrüßung ließen sie ihn allein, und genau das wollte er auch. Er wollte mit seinen Gedanken allein sein, mit seinen Gedanken, wie die Zukunft aussehen sollte. Geschäftliche Dinge waren ihm völlig gleichgültig, sollte sich doch Enzio darum kümmern.

Er dachte daran, Urlaub zu nehmen und nach Hawaii oder Acapulco zu gehen. Irgendwohin, wo er mit Beth allein sein konnte. Nach der Beerdigung würde er sie finden, daran zweifelte er nicht.

Zornbebend verließ Nick Laras Wohnung. Wie hatte sie ihm so etwas antun können?

Er begab sich schnurstracks in New Yorks bestes Bordell. Irgendwie mußte er sich jetzt beruhigen.

Dort rollten sie den roten Teppich für ihn aus.

Nick Bassalino, Enzios Sohn, Franks Bruder — ein beinahe königlicher Besuch.

Die Bordellmutter selbst, eine Skandinavierin mit üppigem Busen und mädchenhaftem Gesicht, bot ihm ihre Dienste an, aber er schlug ihre Einladung aus. Statt dessen fiel seine Wahl auf eine mürrisch dreinblickende Rothaarige, die die Angelegenheit auf einer etwas weniger persönlichen Ebene abhandelte — das war ihm lieber.

Danach hatte er so die Nase voll, daß er sich mit etlichen Brandys vollaufen ließ.

Schließlich wankte er ins Hotel zurück, sank in tiefen Schlaf, aber davor hatte er noch für den frühen Morgen ein Gespräch mit April Crawford in Los Angeles angemeldet. Das Gespräch wurde durchgestellt, als er noch in tiefem Schlaf lag, und während er die Augen zu öffnen versuchte, hielt er den Hörer an sein Ohr und lauschte dem weit entfernten Läuten. In seinem Mund hatte er einen faden Geschmack.

Die treue Hattie sagte dem Fräulein vom Amt, Miß Crawford sei nicht zu Hause, und so wurde er mit Hattie verbunden.

»Hallo, Hat, was ist los? Spielt sie immer noch verrückt?«

»Wissen Sie denn nicht Bescheid, Mr. Bassalino?« Hatties Stimme klang verlegen.

»Worüber soll ich Bescheid wissen?«

»Miß Crawford und Mr. Albert haben gestern geheiratet.«

Nick schwieg.

»Mr. Bassalino, sind Sie noch dran?« rief Hattie mit besorgter Stimme, »ich hab' Miß Crawford gesagt, sie hätte Sie anrufen sollen.«

Nick legte den Hörer auf. Aschfahl im Gesicht rief er beim Empfang an und ließ sich die Zeitungen aufs Zimmer bringen. Da stand es schwarz auf weiß:

In aller Stille hat heute April Crawford im Garten des noblen Stanley Grahams Hotel Ehemann Nummer vier geheiratet. Sammy Albert, der dreißigjährige Star aus *Road Job, Tiger* und *Prince California* ist der Glückliche. Sein einziger Kommentar zu dem Altersunterschied von zwanzig Jahren: »April ist eine wirkliche Lady, eine Frau von Format, ihr Alter interessiert mich nicht.«

Angewidert warf Nick die Zeitung zu Boden. Du lieber Gott, wie dumm April doch war. Jede Frau, die einen unreifen Gigolo wie Sammy Albert heiratete, war dumm. April mußte in einem Wahnsinnsanfall von Eifersucht gehandelt haben.

Es war vor allem Enttäuschung, was er empfand. April enttäuschte ihn. Sie war eine erwachsene Frau, sie wußte, was sie tat.

Aber irgendwie fühlte er sich auch erleichtert. Jetzt, wo er April gegenüber nicht mehr verpflichtet war, war er frei. Und nun, da er frei war, konnte er etwas wegen Lara unternehmen . . .

## 36

Leroy Jesus Bauls rauchte nicht, es schadete der Gesundheit, und Leroy tat nie etwas, was seiner Gesundheit schadete.

Für sein Verhalten in *Manny's* hatte er noch immer keine Erklärung. Wie hirnverbrannt von ihm, die alte Frau und das Kind rauszuholen. Glücklicherweise war alles glimpflich abgelaufen, aber er war unnötige Risiken eingegangen, und das war nicht seine Art.

Nie wieder, schwor er sich. Wenn ihm zukünftig jemand in den Weg lief, war das sein Problem.

Wieder steckte er in seiner Laufburschenkleidung, als er in einem Lieferwagen einen Häuserblock vom Friedhofseingang entfernt parkte. Eine Lektion, die Leroy schon früh in seinem Leben gelernt hatte, war, daß ein Farbiger in New York herumstreichen konnte, wo er wollte, wenn er nur passend gekleidet war. War man auffallend gekleidet und stand an Ecken herum, hatten die Bullen dich gleich am Ellbogen und stießen dich vorwärts. Stand man als Pförtner mit einem Besen da, hatte man seine Ruhe, niemand nahm Notiz von einem.

Leroys Wagen parkte an einer günstigen Stelle, von wo aus er bestens die Limousinen beobachten konnte, wie sie in einer langen, dunklen, ordentlichen Parade vorfuhren. Mit Hilfe seiner Sonnenbrille, in die spezielle Gläser eingebaut waren, konnte er ohne Schwierigkeiten die Trauergäste erkennen.

Enzio ging kein Risiko ein, stellte er fest. Er war von seinen Männern umgeben, alten Männern in glänzenden Anzügen mit unruhigen, einsatzbereiten Händen.

Nick und Angelo trafen gemeinsam in einem Wagen ein. Die beiden waren auch abgeschirmt. Sie blieben auf dem Gehweg stehen und warteten auf Anna Marias Mutter und Schwester, die im nächsten Wagen eintrafen.

Leroy rührte sich nicht, er beobachtete alles und nahm jede Einzelheit wahr.

Bereits früh hatte er zu warten gelernt. Die ersten Worte aus seiner Kindheit, an die er sich erinnern konnte, waren: »Bleib hier sitzen und warte auf mich, hörst du? Bleib schön sitzen!« Seine Mutter wiederholte diese Worte jeden Tag, wenn sie ihn vor Hotelzimmern warten ließ. Erst als er groß genug war, daß er durch Schlüssellöcher gucken konnte, verstand er, weshalb er draußen warten sollte.

Frank fuhr vor, und Leroys Fingerknöchel wurden langsam weiß, da er das Lenkrad fester und fester umklammerte. Das war das einzige sichtbare Zeichen, daß Frank derjenige war, auf den er gewartet hatte.

Schließlich verschwanden sie alle im Friedhof, die Familie, die Verwandten und Freunde. Eine Gruppe von vier Männern blieb draußen stehen. Sie teilten sich jeweils zu zweit in zwei Gruppen und postierten sich wachsamen Auges zu beiden Seiten des Tors.

Die nächsten zehn Minuten rührte sich Leroy nicht vom Fleck, dann stieg er aus, öffnete die Hinterklappe und hob ein riesiges Trauergebinde heraus. Langsam trug er es zum Friedhofseingang.

»He, wo willst du hin?« Einer der Männer versperrte ihm den Weg.

»Sonderauftrag für die Bassalino-Beerdigung.«

»Stell's hier ab.«

»Wie Sie wollen.« Leroy legte das Trauergebinde ab und kramte in seiner Tasche nach dem Quittungsblock. »Bitte unterschreiben Sie's mir.«

Der Mann kritzelte eine unleserliche Unterschrift aufs Papier. Leroy zögerte, als ob er auf ein Trinkgeld wartete. »Soll ich's selber reintragen?« fragte er. »Hab' den Auftrag, den Kranz ans Grab zu legen.«

»Nein, laß ihn hier.«

Leroy zuckte mit den Schultern. »Schließlich ist's ja euer Begräbnis«, murmelte er vor sich hin und schlenderte zu seinem Wagen zurück.

Genau acht Minuten später wurden die Männer am Friedhofstor in Stücke zerfetzt. Leroy, der jetzt drei Häuserblocks weiter parkte, hörte deutlich die Explosion. Er wartete eine halbe Minute und spazierte dann langsam zurück, um sich das Chaos anzusehen.

Er trug ein in braunes Packpapier gewickeltes Paket. Schrille Polizeisirenen ertönten, eine Menschenmenge sammelte sich an. Für Leroy war es ein leichtes, das Paket, das er trug, auf den Vordersitz der Limousine zu legen, in der Frank vorgefahren war. Der Chauffeur hatte den Wagen verlassen und sich unter die Menge am Friedhofstor gemischt. Die ganze Reihe der parkenden Limousinen stand verlassen da. Wenn er gewollt hätte, hätte er in jeden Wagen ein Paket abstellen können. Aber so hatte es Dukey K. Williams nicht gewollt.

Innerhalb von Minuten waren Enzio und seine Söhne zur Stelle. Es gab ein Riesendurcheinander. Frauen weinten, die Menschenmenge schwoll von Minute zu Minute an.

Leroy schlenderte lässig davon.

## 37

Angelo spürte, wie die Angst in ihm hochstieg, seine Kehle war wie ausgetrocknet, seine Haut bleich.

Sie hatten am Grab gestanden, als die Explosion ertönte. Instinktiv hatte er sich auf den Boden geworfen und den Kopf unter seinen Armen vergraben. Du lieber Gott, war das ein Getöse! Warum bloß war er in dieser verrückten Stadt, wo er doch in London sein konnte?

Nick hatte ihn wieder auf die Beine gestellt. »Ganz ruhig«, hatte er gewarnt, »dreh bloß nicht durch.«

Enzio hatte bereits Leute losgeschickt, die auskundschaften sollten, was geschehen war. Innerhalb von Minuten waren sie zurück. Eine Bombe.

Enzio übernahm das Kommando. »In die Wagen! Haltet die Augen offen, bleibt in Gruppen! Golli, Segal, paßt auf Frank auf!«

Frank schien völlig ungerührt. Schon seit dem frühen Morgen war er betrunken, und mit Hilfe einer Flasche in seiner Tasche hatte er vor, den Tag auch betrunken zu beenden.

»Fahrt gleich zum Flughafen«, kommandierte Enzio, »*auf keinen Fall* haltet ihr an Franks Haus oder am Hotel!«

Keiner hatte etwas dagegen einzuwenden. Jetzt, wo in unmittelbarer Nähe eine Bombe hochgegangen war, erschien allen ein Wochenende in Miami eine hervorragende Idee.

»Ich begleite Frank«, sagte Nick.

»Nein, bleib bei Angelo«, befahl Enzio, der bemerkt hatte, wie aschfahl und zittrig sein jüngster Sohn war.

Nick widersprach nicht, er wollte einfach nur verduften, bevor die Polizei eintraf. Sollte Enzio mit den Polypen verhandeln, *er* hatte genug Verbindungen, um ein ganzes Hochhaus in die Luft zu sprengen.

Sie verteilten sich auf die verschiedenen Wagen.

»Diese armen Kerle«, murmelte Angelo, »diese armen Kerle . . .«

»Kannst gottsfroh sein, daß es dich nicht erwischt hat«, sagte Nick, »wahrscheinlich hat es dir gegolten.«

»Mir?« fragte Angelo ungläubig, »warum mir?«

»Dir, mir, Frank. Ganz egal, wir alle sind Bassalinos.«

Angelo schüttelte hilflos den Kopf. Ja, sie waren alle Bassalinos, und das bedeutete, daß jeder, der mit dem alten Enzio zusammengeriet, auch gleichzeitig seine drei Söhne mit hineinzog.

»Was meinst du, war . . .«

»Hör zu, Kindchen, ich hab' jetzt keine Lust, mich zu unterhalten. Lehne dich zurück und entspann dich, kiff eine oder mach sonst was, aber laß mich in Ruhe, ich muß nachdenken.«

Nick schloß die Augen. Schon den ganzen Tag hatte er versucht, seine Gedanken zu ordnen. Es fiel ihm nicht leicht, denn da er für gewöhnlich nicht trank, hatte er nach der gestrigen Sauferei einen Mordskater. Diese Affäre mit Lara hatte ihn richtig fertiggemacht. Sie hatte alles geplant, sie hatte gewollt, daß er sie mit diesem italienischen Schlappschwanz im Bett fand.

So ein Biest, so ein verflixtes Biest.

Hoffentlich hatte er ihn richtig erwischt.

Wenn er sie nur auch gleich richtig verprügelt hätte.

Und was April Crawford betraf — das war einfach ein Witz. Sie zusammen mit Sammy Albert war einfach ein schlechter Witz.

»Möchte bloß wissen, warum die mich nicht in London lassen konnten«, maulte Angelo und unterbrach damit Nicks Gedanken.

Noch bevor Nick antworten konnte, hörten sie beide die Explosion. Sie kam von hinten.

Der Wagen mit Frank fuhr hinter ihnen.

## 38

Prinz Alfa Masserini hatte ein gebrochenes Nasenbein. »Ich werde diesen Mann verklagen und ihn blechen lassen.« Seine edle römische Nase im Gipsverband, lag er im Bett einer Privatklinik und schimpfte vor sich hin.

»Du weißt ja gar nicht, wer er ist«, bemerkte Lara ruhig.

Prinz Alfa fluchte auf italienisch, dann: »Lara, du hast eine große Dummheit gemacht, du bist ein sehr dummes kleines Mädchen. Ich hatte daran gedacht, wir könnten eine gemeinsame Zukunft haben, aber jetzt . . .« Bedauernd hob er die Schultern.

Lara erhob sich von ihrem Stuhl neben dem Bett und nickte. »Du hast recht, Alfa, du hast ganz recht.«

»Wohin gehst du?«

Lara schüttelte den Kopf. »Ich weiß nicht, vielleicht Paris, vielleicht Acapulco.«

»Warte ein paar Tage«, sagte Alfa aufmunternd, »ich werde dir verzeihen, und dann fahren wir gemeinsam irgendwohin.«

»Ich will nicht, daß du mir verzeihst«, sagte Lara langsam. »Ich bin kein kleines Kind. Das mit deiner Nase tut mir leid, alles tut mir leid. Ich halte es für das beste, daß wir uns nie mehr wiedersehen.«

»Lara!« rief der Prinz schockiert, »wie meinst du das? Ich habe all die letzten Monate auf dich gewartet, ich habe Pläne für uns gemacht. Meine Mutter freut sich drauf, dich kennenzulernen. Zuerst gehen wir zum Skilaufen, dann fahren wir nach Rom, wo ich dich meiner Familie vorstellen will.«

»Nein«, unterbrach ihn Lara, »es ist aus.« Als er daraufhin in einen zornigen italienischen Monolog ausbrach, verließ sie den Raum.

Sie fühlte sich total leer. Alles war ihr völlig gleichgültig. Sie war sehr müde, und der einzige angenehme Gedanke war, ins Bett zu gehen und zu schlafen. Sie wünschte sich das Unmögliche: sie wünschte, mit Margaret reden zu können.

Draußen stieg sie in den Wagen und schloß die Augen. »Zu meiner Wohnung«, sagte sie zum Chauffeur.

»In der Stadt geht's wild her«, gab ihr der Fahrer zu bedenken, »die Mafia spielt verrückt, sprengen sich gegenseitig in die Luft. Besser wär's, nicht reinzufahren.«

Lara hörte gar nicht richtig zu, der Schlaf hatte sie bereits übermannt.

Es blieb kein Körper übrig, den man hätte identifizieren, kein Körper, den man hätte beerdigen können. Frank Bassalino war in tausend kleine Fetzen zerrissen worden. Zwei Leute, die zufälligerweise in der Nähe des Autos gestanden hatten, wurden getötet, viele verletzt, da die Druckwelle viele Fenster der umliegenden Bürogebäude zertrümmert und es Glasscherben auf die Passanten heruntergeregnet hatte.

Nick zögerte nicht lange. Er überschaute die Lage mit einem Blick, er wußte, daß Frank keine Chance hatte. Er zog Angelo aus dem Wagen, und indem er ihn fest am Arm hielt, führte er ihn schnellen Schritts von diesem Ort des Grauens weg.

Angelo war starr vor Schreck und brachte keinen Ton hervor. Nick schritt schnell voran, und sie waren bereits drei Häuserblocks weiter, als die Polizeiautos mit heulenden Sirenen an ihnen vorbeirasten.

Nachdem er sich vergewissert hatte, daß ihnen niemand folgte, winkte Nick einem Taxi und sagte ihm, auf dem schnellsten Weg zum Flughafen zu fahren.

»Dafür kriegt jemand seinen Schwanz abgehackt«, sagte Nick schließlich, »und ich persönlich werde es tun. Ich werde ihm den Schwanz abhacken und Salami daraus machen.«

»Wer . . .?« brachte Angelo zustande.

»Wir werden's rauskriegen, wir kriegen's immer raus. Niemand, der einen Bassalino tötet, kommt ungeschoren davon.«

»Du klingst wie Enzio.«

»Ich hoff's, kleiner Bruder, ich hoff's wirklich.«

Als Rio in New York landete, sah sie die Schlagzeilen.

Sie fuhr auf direktem Weg zu Cass' Wohnung. Dukey war auch da. »Kam das von dir?« fragte sie.

Er zuckte mit den Schultern. »Vielleicht ja, vielleicht nein. Wir sind nicht die einzigen, die am Untergang der Bassalinos interessiert sind.«

»Daß du mir ja nicht Angelo anrührst, er gehört mir, verstehst du, mein Freund?«

»Sicher«, stimmte Dukey ihr zu, »wenn du ihn zuerst erwischst.«

»Ich will ihn nicht erwischen, ich will ihn vernichten. War das nicht unser Plan?«

Dukey nickte. »Früher, jetzt ist die Sachlage anders.«

»Was meinst du damit, ›jetzt ist die Sachlage anders‹?«

»Nennen wir's ein kleines Rassenproblem, und lassen wir's dabei.«

»Rassenproblem, ich glaube, ich werde verrückt!« rief Rio.

»Hör zu, Mädchen, du hast deine Chance gehabt, du hast sie verspielt, jetzt bin ich dran.«

»Ach«, sagte Rio kalt, »und du meinst, ich gebe sofort auf, wenn du's willst.«

»Kluges Mädchen.«

»Beth und Lara sind ausgestiegen«, warf Cass schnell ein, »ich glaube, Dukey hat recht, Rio.«

Rio drehte sich blitzschnell zu ihr um. »Gut, dann kannst du mich auch mal.«

Dukeys Augen hatten einen harten, kalten Ausdruck. »Schade, daß du keine Schwarze bist.«

»Ich bin mehrfarbig, das ist lustiger.«

»Dir stinkt nur, daß du keins deiner kleinen Spielchen mehr treiben kannst.«

»Ich kann tun, was ich will.«

Dukey nickte zustimmend. »Bloß tu's nicht in der Nähe der Bassalinos, sonst wird dein langer, magerer, mehrfarbiger Hintern mit ihnen zur Hölle fahren.«

## 39

Mary Ann August lächelte Claire an, und Claire sagte: »Du hast mich wirklich überrascht, meine Liebe, alles läuft bestens. Mr. Forbes war heute sehr angetan, und wenn Mr. Forbes zufrieden ist, will das wirklich etwas heißen.«

»Er versprach bald wiederzukommen«, sagte Mary Ann und streckte sich, so daß sich ihr kurzes, weißes Nachthemd, das sie trug, nach oben schob und einen weichen Hügel von kaffeebraunen Schamhaaren freilegte.

Claires Augen wanderten hinab und riskierten einen Blick, dabei biß sie sich nervös auf die Lippen. Mit dieser hier würde es keine Probleme geben, manche Mädchen waren zur Hure wie geschaffen.

Mary Ann ließ sich aufs Bett zurückplumpsen. Mit leicht gespreizten Beinen lag sie da. »Du meine Güte, Claire, ich möchte ein bißchen spazierengehen, mir hängt's wirklich zum Hals raus, hier ewig eingesperrt zu sein.«

»Nächste Woche.«

»Du kannst dich auf mich verlassen«, schmollte Mary Ann, »ich laufe nicht davon, mir *gefällt's* hier, und dich mag ich auch . . .«

Claire rückte näher ans Bett heran. »Du bist ein cleveres Mädchen, mit dir hat man keinen Ärger. Ein Mädchen wie du kann 'ne Menge Geld machen. Mit deiner neuen Frisur siehst du so hübsch aus.«

Mary Ann lächelte. »Enzio würde es nicht mögen.«

Claire ließ sich aufs Bett nieder und ließ wie zufällig ihre Finger über Mary Anns Bein gleiten. »Enzio muß es ja nicht gefallen, oder?«

Mary Ann kicherte und spreizte ihre Beine weiter auseinander. »Bist du 'ne Lesbe, Claire?« fragte sie unschuldig.

Der Druck von Claires Fingern wurde fester. »Ich hab' zu viele Schmerbäuche und schlappe Schwänze gesehen, um was anderes zu sein.« Sie machte eine kurze Pause. »Hast du's schon mal versucht?«

Mary Ann kicherte wieder. »Mit Mr. Forbes hat's bei mir heute nicht geklappt«, ihre Augen weiteten sich, »und ich sagte zu ihm, mit ein bißchen Kopfarbeit würde ich wohl anspringen, aber Mr. Forbes sagte, daß sei *meine* Angelegenheit.«

Mit glänzenden Augen beugte sich Claire langsam hinab. »Der ist wohl nicht ganz klar im Kopf.«

Mary Ann seufzte und lehnte sich zurück, um Claires Anweisungen zu befolgen. Fünf Minuten verstrichen, dann langte Mary Ann vorsichtig unter das Bett und packte das Stuhlbein, das sie vorher dort versteckt hatte.

Langsam hob sie ihren Körper, da nur Claires Haarschopf zu sehen war. Sie stöhnte, und Claires Anstrengungen verstärkten sich. Dann, ganz langsam, um sich im letzten Moment nicht noch alles zu verderben, hob Mary Ann das Stuhlbein und ließ es mit aller Wucht auf Claires Kopf niedersausen. Einmal, zweimal, dreimal.

Blut floß, als Claire auf dem Boden zusammensackte. Das tat Mary Ann leid, aber sie hatte keine Lust, eingesperrt zu sein und als Hure arbeiten zu müssen. Gott, nein. Du liebe Güte, wirklich nicht. Nicht Mary Ann. Nicht, nachdem sie hart gearbeitet und all die vielen Monate mit Enzio zusammengelebt hatte. Sie besaß einen Chinchillamantel, Schmuck, Kleider, einen Nerzmantel. Ihre Besitztümer waren Geld wert, genug Geld, um sich davon, wenn sie alles verkaufte, ein nettes, kleines Geschäft anzuschaffen. Eine Boutique oder einen Schönheitssalon. Sie hatte immer gewußt, daß sie mit Enzio nicht für unbegrenzte Zeit zusammensein würde, und sie hatte dementsprechend vorgeplant.

Sie kleidete sich schnell an und entnahm Claires Tasche Geld und Schlüssel.

Sie besaß Schätze, und Teufel noch mal, die würde sie sich auch holen.

40

Am nächsten Tag herrschte im Haus in Miami reges Treiben. Es wurde ununterbrochen getagt.

Enzio saß mit rotgeränderten Augen und schwer herabfallenden Schultern hinter seinem Schreibtisch. Nick, der in der Hauptsache das Wort führte, stand neben ihm, seine Worte kamen hart und schnell.

Er schien um zehn Jahre gealtert. Er lauschte seinem mittleren Sohn und nickte nur gelegentlich, um den im Raum versammelten Männern zu zeigen, daß er allem, was Nick sagte, zustimmte.

Angelo hockte zusammengekauert auf einem Stuhl daneben. Er hatte Angst, was man an seinem weißen Gesicht und den zitternden Händen erkennen konnte, die ständig einen großen Krug Scotch an seinen Mund führten. Volllaufen wollte er sich lassen. Ein paar Joints hätten ihn beruhigt, dann hätte auch das Zittern der Hände ein Ende gehabt, nur konnte er das vor Enzio nicht machen, er billigte das nicht.

Nick war erstaunlich ruhig, er gab eine Anweisung nach der anderen. Informationen brauchte er, und zwar schnell. »Ich will noch heute wissen, wer dafür verantwortlich ist. Fünftausend Dollar für die richtig Information.«

Die Versammlung war beendet, und die Männer verstreuten sich.

»Rose . . .«, murmelte Enzio, »jemand muß es Rose sagen.«

Angelo ließ sich immer weiter vollaufen. Rose konnte ihm gestohlen bleiben, sie war ihm nie wichtig gewesen.

»Ich werd's ihr sagen«, erklärte Nick. Er hatte immer besser mit ihr umgehen können als die anderen beiden. Er konnte mit ihr scherzen und lachen, und manchmal brachte er es fertig, auf ihr sonst totes Gesicht ein Lächeln zu zaubern. »Ich gehe sie jetzt besuchen.«

Rose saß auf ihrem Stuhl am Fenster.

Nick schlich sich heran und zwickte sie von hinten. »Ciao, Mama!« Erschrocken bemerkte er, wie dünn sie inzwischen geworden war.

Sie blickte zu ihm auf und nickte leicht mit dem Kopf.

»Tut mir leid, Mama, daß ich mich so lange nicht mehr hab' sehen lassen, aber es gab an der Küste viel zu tun. Du siehst gut aus, richtig gut.«

Nick konnte sich noch daran erinnern, wie seine Mutter gewesen war, bevor sie sich eingesperrt hatte. Er konnte sich an ihre faszinierende Schönheit erinnern, an ihre Lebhaftigkeit, und wie leicht es ihr gefallen war, Freunde zu finden. Er konnte sich auch noch an die Nacht erinnern, in der alles geschehen war. Er war ungefähr sechzehn gewesen und hatte sich mit einem Mädchen getroffen, und als er nach Hause gekommen war, hatte Alio ihn an der Haustür abgefangen und ihm gesagt, seine Mutter sei krank. »Du wirst heute nacht in meinem Haus schlafen«, hatte Alio gesagt, »Angelo und das Kindermädchen sind bereits dort.«

Alio hatte ihn noch nicht einmal ins Haus hineingelassen, damit er sich ein paar Sachen zum Anziehen holen konnte. Er hatte ihn ins Auto zurückgedrängt und ihn fortgeschickt. Zwei Wochen durfte er das Haus nicht betreten, und als er endlich wieder nach Hause kommen durfte, hatte sich seine Mutter in ihr Zimmer eingeschlossen und es seitdem nie wieder verlassen.

»Frank ist tot«, sagte Nick, »es war ein ... ein Unfall.«

Rose wandte sich um und starrte ihn an. Sie hatte immer noch die wundervollsten Augen, die er jemals gesehen hatte. Sie konnten ein Loch in dich brennen, so tief und leuchtend und kraftvoll waren sie. Ihre Augen sprachen für sie, sie wollten, daß er ihr mehr erzählte.

»Es war ein Unfall, in einem Auto.« Nick legte seinen Arm um sie. Was konnte er ihr mehr sagen?

## 41

»Schlag zu, bevor sie zurückschlagen können.« Das war der Befehl, den Leroy Jesus Bauls von Dukey K. Williams erhalten hatte.

Deshalb befand er sich jetzt auf dem Weg nach Miami. Es war eine lange Fahrt, aber mit der ganzen Ausrüstung, die er benötigte, wäre Fliegen zu gefährlich gewesen. Bei alldem Zirkus, den sie heute auf den Flughäfen machten — die Gepäckstücke wurden durchsucht, alle Fluggäste gefilzt —, wäre er nicht mal in die Nähe eines Flugzeugs gekommen.

Sein schwarzer Mercedes flog mit gleichbleibender Geschwindigkeit über die Autobahn. Er fühlte sich völlig entspannt, sein Kopf arbeitete klar und ging noch einmal die Pläne durch, die er sich zurechtgelegt hatte.

Vor ein paar Tagen hatte er Enzios Haus inspiziert. Da Enzio sich in New York aufhielt, war das Grundstück nicht so scharf bewacht wie sonst, und Leroy hatte alles so vorbereiten können, wie er es wünschte.

Vor den Wachtposten an den Toren, dem Alarmsystem und den Hunden war er sehr auf der Hut gewesen.

Es war ein aufregender Job, eine Herausforderung, und Leroy liebte Herausforderungen.

Mary Ann August kaufte sich eine schwarze Perücke mit langem Haar, das ihr eigenes, blondes vollkommen versteckte. Sie besorgte sich dazu Jeans, ein T-Shirt, ein Männerhemd und eine Sonnenbrille mit getönten Gläsern. Auf der Damentoilette des Ladens, in dem sie ihre Einkäufe getätigt hatte, schminkte sie sich ab, und als sie wieder auftauchte, sah sie total verändert aus.

Sie nahm ein Taxi zum Flughafen und kaufte sich ein Ticket nach Miami.

Sie war sehr nervös. In Claires Beutel war eine Menge

Geld gewesen, und sie würden sie schon allein deswegen verfolgen. Aber sie würden sie nicht finden — wenn sie in den Spiegel blickte, erkannte sie sich selbst nicht mehr.

Sie kaufte ein paar Zeitschriften und bestieg das Flugzeug.

Nick hatte das Kommando übernommen. Der alte Enzio war in sich zusammengefallen, sein Alter hatte ihn überraschend plötzlich eingeholt.

Angelo hing untätig und nervös herum, bis Nick schließlich einem der Männer den Auftrag gab, ihn mit ein paar Joints zur Ruhe zu bringen.

Nach dem Treffen rief Nick Los Angeles an, um sich nach dem Gang der Geschäfte zu erkundigen. Alles schien wie am Schnürchen zu klappen. Er hatte dort gute Leute eingesetzt, auf die er sich verlassen konnte.

Immer wieder tauchte Laras Gesicht vor ihm auf, wie seltsam, daß er gar nicht mehr an April denken mußte. Dann würde er also nicht Mr. April Crawford werden, sei's drum! Irgendwie fühlte er sich erleichtert.

Der Alte hatte sich schlafen gelegt, und Angelo spielte draußen am Swimming-pool Karten.

Nick rief einen der Torwächter zu sich. Es gab keinen Grund zur Beunruhigung. Nick hatte noch einen Mann zusätzlich ans Tor beordert, drei standen mit dem Gewehr im Anschlag. Niemand wurde eingelassen ohne sein vorheriges Okay.

Die Bassalino-Familie war unter Beschuß, Nick ging kein Risiko ein.

Er nahm den Hörer ab und wählte Laras Nummer in New York.

Es dauerte eine Weile, bevor sie ans Telefon kam, und dann kam ein leises »Hallo?«

»Ich hätte ihn umbringen sollen«, sagte Nick langsam.

Keine Antwort, darum fügte er hinzu: »Wenn ich noch mal jemanden bei dir im Bett erwische, bringe ich ihn um.«

»Du hast ihm das Nasenbein gebrochen.«

»Ja? Wirklich?«

Lara brach in Tränen aus, so glücklich war sie, seine Stimme zu hören. Sie kam sich lächerlich vor, aber sie konnte die Tränen nicht zurückhalten.

»Fahr zum Flughafen«, sagte Nick, »nimm den nächsten Flug nach Miami, du müßtest gerade noch den Zwei-Uhr-Flug schaffen. Ein gewisser Mario wird dich abholen, der bringt dich direkt hierher ins Haus.«

»Ich kann nicht, Nick, ich . . .«

»Keine Ausreden, Liebling, wenn du da bist, werden wir über alles reden. Ich brauch' dich hier, ich brauch' dich wirklich ganz dringend . . .«

Als Lara auflegte, lachte und weinte sie gleichzeitig.

Er *brauchte* sie, er *sehnte* sich nach ihr.

Leise vor sich hinsingend, machte sie sich daran, ein paar Dinge zusammenzupacken.

Plötzlich kamen ihr Cass' warnende Worte in Erinnerung. Worte, denen sie vorher keine Bedeutung beigemessen hatte, standen plötzlich deutlich vor ihr.

»Ich weiß nicht genau, was Dukey vorhat, aber ich glaube, es ist sicherer, sich nicht in der Nähe der Bassalino-Familie aufzuhalten. Er will, daß ihr alle aussteigt, und ich glaube, er hat recht.«

Lara fühlte plötzlich Angst in sich aufsteigen.

Schnell wählte sie Cass' Nummer. »Wie hast du das gemeint?« fragte sie. »Was hat Dukey vor?«

»Keine Ahnung«, sagte Cass, »aber ich vermute, er will endgültig Schluß machen.«

»Schluß machen womit?«

»Ich weiß es nicht.«

Lara legte auf und wählte Dukeys Nummer. Niemand

ging an den Apparat. Sie mußte zu Nick, ihm die Wahrheit sagen, ihn warnen.

Innerhalb von Minuten hatte sie ihre Sachen fertiggepackt, dann ließ sie sich vom Hausmeister ein Taxi besorgen.

Sie mußte so schnell wie möglich in Miami sein, es gab keine andere Möglichkeit, ihn zu warnen.

Rose saß in ihrem Zimmer und brütete vor sich hin. Sie hatte keine Tränen mehr, um ihren ältesten Sohn zu beweinen, sie hatte all ihre Tränen viele Jahre zuvor vergossen.

Selbstverständlich war Enzio schuld daran, immer hatte Enzio schuld.

Er hatte ihr Frank weggenommen, weil er wußte, daß Frank ihr Lieblingssohn war.

Wenn sie die Augen schloß, konnte sie jede Einzelheit jener Nacht vor vielen Jahren vor sich sehen, in der Enzio und seine ›Assistenten‹ Charles Cardwell zu Tode gemetzelt hatten. Wie ein Stück Vieh hatten sie ihn aufgeschlitzt und zerhackt.

Und Enzio hatte sie mit einer Hand über ihrer Brust gehalten, und sie hatte gespürt, wie sich sein Körper vor Erregung straffte.

Rose hielt einen Schrei zurück, als die Erinnerungen wieder aufzutauchen begannen. Sie trat ans Fenster und blickte hinaus. Der Swimming-pool lag wie immer vor ihr, das Gras, die Bäume. Sie hatte viele Jahre lang alles aus ihrem Kopf verdrängt, alles hinausgesperrt, sich nur auf diesen Anblick konzentriert.

Aber heute ging es nicht. Heute fand sie beim Anblick des sonnengetränkten Gartens und des mosaikgefliesten Swimming-pools keine Ruhe.

Sie war nicht verrückt, sie wußte, daß sie nicht verrückt war. Um in diesem Zustand des Vergessens zu bleiben, hatte sie sich eingeschlossen. Aber jetzt fühlte sie den Zorn in sich aufsteigen, ein Zorn, der ihr neue Kräfte gab.

Sie hatte sich wegen der Kinder eingeschlossen, sie wollte ihnen ersparen, zu welcher Tat sie fähig war. Jetzt war es gleichgültig, Frank war tot. Enzio hatte seinen Tod geplant.

Rose entfernte sich vom Fenster, sie wußte, was sie zu tun hatte. Das erste Mal seit vielen Jahren arbeitete ihr Verstand völlig klar.

## 42

Alio kam aus dem Haus geschlendert. »Angelo — Telefon!«

»Für mich?«

»Ja, eine Frau«, sagte Alio desinteressiert.

Angelo legte seine Karten nieder. Niemand wußte doch, wo er war. Er nahm den Hörer des Telefons neben dem Pool ab.

»Wenn du wegläufst, geht dir allerhand durch die Lappen, mein Kleiner.«

»Rio, du Rabenaas! Wie hast du herausgekriegt, wo ich bin?«

»Ich hab's erschnuppert.« Sie lachte. »Sind wir noch Freunde?«

Angelo fühlte sich das erste Mal seit Tagen entspannt. »Na ja, aber ich will mit dir reden.«

»Mit mir« — kurze Pause — »*und* mit meinen Freunden.«

»Hör zu, meine Liebe, das war wirklich nur eine einmalige Sache.«

»Sicher, sicher. Und es hat dir gar nicht gefallen, stimmt's?«

Angelo fühlte es in sich prickeln, wie er es in Rios Wohnung erlebt hatte. »Ich bin nicht vom anderen Ufer«, sagte er langsam.

»Ach, komm«, erwiderte Rio spöttisch, »*mir* brauchst du nichts zu erzählen. Ich sitze gerade im Fontainebleu mit zwei hinreißenden Freunden, die es gar nicht erwarten können, dich kennenzulernen. Sollen wir zu dir kommen, oder willst du dich mit deinem netten, fetten Arsch zu uns herüberschwingen?«

Angelos Kehle war trocken, es war ihm plötzlich zu heiß und zu eng in seinen Kleidern. »Ich kann mich heute nicht mit dir treffen«, sagte er schwach. Nick hatte ihm strikte Anweisung gegeben, nicht das Haus zu verlassen.

»Ich bin nackt und scharf auf dich, nein ist für mich keine Antwort«, schnurrte Rio am anderen Ende der Leitung. »Meine Freunde haben auch nichts an, sie brennen darauf, alles mit dir zu machen, was dein kleines Herz begehrt. Außerdem sind sie jetzt schon sehr beeindruckt von dir, weil ich ihnen die Fotos gezeigt habe. Sicher hättest du's nicht gern, wenn Daddy die Bilder zu Gesicht kriegt. Komm rüber, Süßer, und zwar gleich. Bye—bye.«

Sie legte auf, und Angelo biß nervös auf seinem Daumen herum.

Er hatte gehen wollen, aber jetzt mußte er.

Das Problem war aber, wie er hinauskommen sollte.

Ihr Problem war, wie sie hineinkommen sollte.

Mary Ann August wußte besser als jeder andere, wie schwer bewacht das Haus war. Dafür hatte sie all die Monate hier gelebt, daß sie Enzios scharfe Methoden, wie er sich Fremde vom Leib hielt, gut kannte.

Doch sie baute darauf, daß sie für niemanden eine Fremde war. Sie war Enzios Freundin, seine Geliebte. Sie war mit Enzio vor einer Woche nach New York geflogen, und es war nur allzu logisch, daß sie mit ihm zurückgekommen war. Enzio würde wohl nicht groß verkündet haben, daß er sie weggeschickt hatte. Enzio hatte es wahrscheinlich nur Alio gesagt, ihn mit diesem dreckigen Job beauftragt, aber abgesehen davon — irgendwie hatte sie das Gefühl, daß er gewisse Dinge für sich behielt.

Sie hatte einen Plan, zwar war er riskant, aber mit etwas Glück und Wächtern am Tor, die sie kannte, konnte es gelingen.

»Ich fahr zum Flughafen«, sagte Nick.

»Ich komme mit.« Angelo sah einen Ausweg, wie er entwischen konnte: mit seinem Bruder zum Flughafen fahren und dann wie zufällig verlorengehen.

»Nein.« Nick schüttelte den Kopf. »Du bleibst hier und vertrittst mich inzwischen. Wir wissen nicht, was ihr nächster Schritt ist.«

Angelo zögerte. Er wollte mit Nick keinen Streit anfangen, aber schließlich und endlich mußte er hier irgendwie rauskommen.

Nick war bereits auf dem Weg zur Tür, da beschloß Angelo, daß es wohl leichter war, abzuhauen, wenn Nick nicht da war.

## 43

Enzio erwachte gegen fünf. Sein Schlafzimmer ging auf den Swimming-pool hinaus, und nachdem er aufgestanden war, setzte er sich ans Fenster und blickte hinaus.

Er fühlte sich sehr alt und müde, ein Gefühl, das er bisher nicht gekannt hatte. In zwei Monaten würde er siebzig sein. Frank war erst sechsunddreißig gewesen, ein Mann im besten Alter, ein Bassalino.

Enzio fluchte leise vor sich hin, eine nicht mehr enden

wollende Kette von langsam gemurmelten Flüchen, eine Anhäufung von Obszönitäten.

Gern wäre er zu Rose gegangen, die einzige, die wahrscheinlich verstehen konnte, wie sehr er litt.

Aber er wußte, es kam nicht in Frage. Rose hatte geschworen, nie wieder mit ihm zu sprechen, und er kannte Rose, sie würde keine Silbe über die Lippen bringen.

Vielleicht sollte er das Mädchen besuchen, das er in New York gefunden hatte — das Kosta Gennas ihm besorgt hatte — wie war gleich wieder ihr Name? Mabel, nein, Miriam, das war's, Miriam. Sie war ins Haus gebracht und im gleichen Raum untergebracht worden, aber bis jetzt hatte Enzio sie noch nicht aufgesucht.

»Scheißweiber!« Die man kaufen konnte, taugten alle nichts. Außerdem verspürte er im Moment gar kein sexuelles Verlangen. In seinem Alter wurde es allmählich schwieriger damit.

Er legte sich noch mal aufs Bett. Vielleicht konnte er wieder einschlafen, und vielleicht fühlte er sich danach etwas besser.

Bilder von Frank als Kind tauchten immer wieder vor ihm auf: der Tag, an dem er seinen ersten Zahn verlor; der Tag, an dem er schwimmen lernte; der Tag, an dem er einen Jungen verprügelte, der zweimal so groß wie er war; der Tag, an dem Enzio ihn zum erstenmal zu einem Mädchen mitnahm — Frank war damals dreizehn gewesen. Enzio lachte leise, seine Augen schwammen in Tränen.

Die Tür zu seinem Zimmer wurde behutsam geöffnet, und einen Moment lang konnte Enzio nicht richtig erkennen, wer da stand. Dann sah er, daß es Mary Ann August war: blondes, aufgetürmtes Haar, kleiner, roter Bikini, lange Beine und üppiger Busen.

»Hallo, Süßer«, sagte sie freundlich lächelnd.

Enzio brummte etwas vor sich hin und setzte sich überrascht auf. Hatte er sie nicht weggeschickt? Hatte er nicht Alio beauftragt, sie unterzubringen?

Mary Ann kam hüftschwenkend auf sein Bett zu. »Wie geht's meinem bösen, bösen Schatz?« gurrte sie, und gleichzeitig öffnete sie ihr Bikinioberteil, daß ihre Brüste heraussprangen.

Enzio war leicht verwirrt, Alio mußte Mist gebaut haben. Na, und wennschon? Mary Ann war genau das, was er jetzt brauchte. Sie wußte genau, was er mochte, sie kannte seine Vorlieben.

Plötzlich war er nicht mehr ein Mann von nahezu siebzig Jahren, er war wieder ein Bassalino, ein echter Vollbluthengst.

Sie stand nun am Bett und lehnte sich über ihn. Ihre Brüste baumelten verführerisch über seinem Gesicht, und er öffnete die Lippen und versuchte, sich einen der Nippel einzufangen.

Sie kicherte, und er fühlte, wie sie an seinen Kleidern herumnestelte. Er spürte, wie er hart wurde, und seufzend schloß er die Augen.

Als er sich an ihrer Brust festgesaugt hatte, schoß sie ihm präzise und geräuschlos direkt ins Herz.

## 44

Angelo verließ das Haus kurz nach Nick. Es war ganz einfach. Einfach hinausgehen, in den schwarzen Mustang steigen, zum Tor fahren, den Wachen zuwinken, ihn durchzulassen. Die einfachste Sache der Welt.

Schließlich war er auch ein Bassalino, wer wagte also, ihm Fragen zu stellen?

Er schaltete das Radio an. Bobby Womack. Stark. Er fühlte sich gut, ein bißchen *high,* gerade genug. Die Sache mit Frank war ihm an die Nieren gegangen. Mitten in New York eine Scheißbombe! Fürchterlich, so ins Jenseits befördert zu werden. Aber er mußte zugeben, daß ihm nicht das Herz darüber zerbrach. Ja, sicher, Frank war natürlich sein Bruder, aber er war immer ein gemeiner Kerl gewesen, sie hatten sich beide nie sehr gemocht.

Der Gedanke, Rio wiederzusehen, beschwingte ihn. *Sie* bat ihn zu sich. Nicht *er* mußte sich die Finger wund telefonieren und um eine Chance betteln, damit er es ihr zeigen konnte, nein, sie begehrte *ihn*. Sie war ihm nachgelaufen, war extra nach Miami geflogen, um *ihn* zu sehen.

Angelo trat etwas fester aufs Gaspedal. Er durfte sie nicht warten lassen, sie hatte am Telefon gesagt, sie warte auf ihn.

Er drehte das Radio lauter auf. Der Discjockey sagte die nächste Nummer an, rhythmischer Slang, und dann, laut und deutlich, James Brown. Sexy, sexy, sexy.

Angelo mußte lachen. James Brown würde ihn für alle Zeiten an seine erste Szene mit Rio erinnern. *Sex Machine* war damals gelaufen. Er drehte das Radio auf volle Lautstärke, so daß ihn die Musik völlig einnebelte und betäubte. Er beschleunigte und trat das Gaspedal schließlich voll durch.

»Rio Baby«, schrie er, »ich komme!«

Er übersah das Stopschild am Straßenrand, der Wagen raste über die Kreuzung und mit voller Wucht in einen Lastwagen.

Angelo war sofort tot, aber aus dem Radio ertönte immer noch James Brown . . .

# 45

»He!« Nick faßte ihre Arme und blickte ihr tief in die Augen.

Lara lächelte. »Du bist zum Flughafen gekommen.«

»Konnt's nicht länger erwarten. Hat dir schon jemand gesagt, daß du die schönste Frau der Welt bist?«

»Ich liebe dich, Nick, deshalb bin ich gekommen.«

»Ah, endlich eine Frau, die nicht drumherum redet.« Er küßte sie. »Ich liebe dich auch, Prinzessin. Hast du Koffer?«

Sie nickte. »Einen.«

Er nahm ihre Hand und hielt sie fest, und sie gingen langsam durch den Ausgang, um auf den Koffer zu warten.

»Ich hab' dir eine Menge zu erzählen«, sagte Nick.

»*Ich* hab' dir auch eine Menge zu erzählen, Nick.«

»Okay, großartig. Wir haben jede Menge Zeit, hab' ich recht?«

»Du hast recht.«

Er blieb stehen, legte seine Hände um ihr Gesicht und küßte sie, es war ein langer, langsamer Kuß. »Schön, daß du da bist, mein Täubchen. Wir fahren jetzt zum Haus zurück, und du wirst meine Familie kennenlernen. Im Moment ist alles sehr angespannt, ich möchte noch gar nicht anfangen, dir alles zu erklären, ich möchte dich nur ganz nahe bei mir haben. Einverstanden?«

Lara nickte. Sie war einverstanden, sie hatte alles, was sie wollte. Gott sei Dank, er war wohlauf. Sie mußte ihn vor Dukey warnen, ihm die ganze Geschichte erzählen. Und wenn er alles wußte, was dann? Würde er sie dann immer noch in seiner Nähe haben wollen, oder war dann alles zu Ende?

Sie seufzte. Es mußte sein. Er war der einzige Mann, für den sie jemals wirklich etwas empfunden hatte, und um mit ihm eine Beziehung eingehen zu können, mußte die Wahrheit auf den Tisch.

»Da ist mein Koffer«, sagte sie.

Nick gab einem Kofferträger ein Zeichen, darauf begaben sie sich zum Auto.

## 46

Mary Ann August verließ auf Zehenspitzen Enzios Zimmer. Draußen vor der Tür stand der Koffer, in den sie fein säuberlich alle ihre Besitztümer gepackt hatte. Sie hatte alles genau dort wiedergefunden, wo sie es zurückgelassen hatte. Ohne Schwierigkeiten war sie ins Haus gekommen, sie war einfach in ihrem Bikini durch den Park geschlendert, als ob sie immer noch hier lebte.

Sie war sich nicht genau darüber im klaren, warum sie Enzio erschossen hatte. Es war ihr alles so einfach erschienen. Der kleine Revolver, den er ihr zu ihrem eigenen Schutz gegeben hatte, befand sich immer noch in ihrer Schmuckkassette.

Bastard, der er war. Sie einfach in New York zurückzulassen, Alio eine Runde zu erlauben, sie in einen Puff nach Los Angeles zu verladen, als ob sie ein Stück Vieh sei, einfach alle ihre Sachen zu behalten.

Jetzt, wo alles vorüber war, begann sie zu zittern.

Was, wenn sie nicht wegkam?

Was, wenn jemand ihn fand, bevor sie fliehen konnte?

Sie eilte den Flur entlang, aber plötzlich öffnete sich — als sie gerade am Zimmer seiner Frau vorüber wollte — die Tür und Rose erschien.

Sie hatte *nie* zuvor ihr Zimmer verlassen. Mary Ann hatte monatelang in diesem Haus gelebt, und sie wußte, daß sich diese Tür nie öffnete.

Rose trat in den Flur, und sie blickten einander an.

Rose hatte zerzaustes, schwarzes Haar und glänzende, wirre Augen. Sie lächelte Mary Ann mit einem seltsamen, von weither kommenden Lächeln an, und dann hob sie das Messer, das sie bei sich trug, und stach damit in Mary Anns Leib.

Das Mädchen glitt geräuschlos zu Boden. Rose zog das lange Messer wieder aus ihrem Körper heraus und setzte ihren Weg zu Enzios Zimmer fort.

Er lag im Bett und schlief, die Bettdecke bis zum Kinn hinaufgezogen.

Laut auflachend stieß sie das Messer in ihn hinein. Abwechselnd stieß und lachte sie.

Es war das gleiche Messer, das sie damals bei Charles benutzt hatten.

## 47

Es war fast fünf, als Leroy seinen Mercedes in einiger Entfernung vom Haus der Bassalinos parkte. Langsam fühlte er sich müde, es war ein langer Tag gewesen.

Er entstieg seinem Wagen und streckte sich. Gleichzeitig blickte er prüfend in die Runde. Niemand war zu sehen, niemand beobachtete ihn.

Den größten Teil der Arbeit hatte er bei seiner letzten Fahrt erledigt. Da Enzio sich in New York aufhielt, war es relativ einfach gewesen, sich als verkleideter Telefonmechaniker Zutritt ins Haus zu verschaffen. Der älteste Trick der Welt, aber wenn die Leitung tot war, klappte er immer.

Die Telefonkabel durchtrennen, zwanzig Minuten warten, dann auf der Bildfläche erscheinen. »Telefonmonteur, für Ihren Anschluß liegt eine Störungsmeldung vor.« Darauf wird das Telefon von den Wachen überprüft, dann Leroys gefälschte Ausweispapiere, schließlich ein Kopfnikken, daß er reinkommen kann. Anfangs folgt ihm einer auf Schritt und Tritt, bis es ihm allmählich zu langweilig wird — dann ist Leroy sich selbst überlassen.

Alles im Haus war gut vorbereitet, es mußte nur noch letzte Hand angelegt werden.

Leroy öffnete den Kofferraum und entnahm ihm eine kleine Leinentasche. Er öffnete sie, überprüfte den Inhalt und machte sich dann zum Haus der Bassalinos auf.

»Himmel! Wie lange soll das hier noch dauern!« rief Nick ärgerlich. »Verdammter Verkehr!«

Sie krochen im Schneckentempo über eine vierspurige Autobahn, alle vier Fahrbahnen waren verstopft.

»Sonst fährt man nicht länger als eine halbe Stunde bis zu unserem Haus«, sagte Nick zu Lara, »heute können wir froh sein, wenn wir die Strecke in zwei Stunden hinter uns bringen.«

Ungeduldig zündete er sich eine Zigarette an. Er hätte im Haus auf Lara warten sollen, es war dumm von ihm gewesen, das Haus zu verlassen. Möglicherweise gab es Neuigkeiten, vielleicht braute sich etwas zusammen, vielleicht waren Informationen eingegangen.

»Dort vorn ist ein Unfall«, sagte der Fahrer, »sieht wie ein schlimmer aus. Wenn wir an dem vorbei sind, haben wir freie Bahn.«

»Gott sei Dank.« Nick drückte Laras Hand.

»Bald sind wir zu Hause, Baby.«

Leroy schlenderte auf das Haus der Bassalinos zu. Einige Meter davon entfernt blieb er stehen. Einer der Wachen trat aus dem Nebenhaus und blickte forschend zu Leroy herüber.

Leroy ließ langsam seine Hand in die Hosentasche gleiten.

»Was gibt's?« fragte der Wachtposten und umklammerte den Revolver, der in seinem Gürtel steckte.

Im gleichen Moment zog Leroy eine Handgranate aus der Hosentasche, entsicherte sie und schleuderte sie in Richtung des Wächterhauses. Blitzschnell warf er sich flach auf den Boden, und er fühlte, wie die Erde unter ihm von der Explosion erzitterte. Er zählte bis fünf, sprang dann auf, packte seine Leinentasche und rannte an den Flammen vorbei in den Park hinein.

Flink schlüpfte er zwischen den Bäumen hindurch. Dabei konnte er sehen, wie sich die vordere Haustür öffnete, Männer herausstürzten und mit ihren Revolvern herumfuchtelten. Eine Menge weißes Volk, kapierte nicht, was geschehen war.

Im Schutz der Bäume pirschte sich Leroy an die Rückseite des Hauses heran. Keiner hatte ihn erspäht, es hatte noch nicht einmal jemand daran gedacht, die Hunde loszulassen.

Leroy pirschte sich weiter ans Hinterfenster heran. In Sekundenschnelle legte er Sprengstoffleitungen frei, die er dort vergraben hatte, befestigte sie, zündete sie an, zwei würden die restlichen Sprengsätze hochjagen.

Grandios! Was ein Farbiger doch für kluge Pläne austüfteln konnte. Jetzt aber weg von hier, Leroy, warte nicht bis zum letzten Moment ab.

Schnell entfernte er sich vom Haus.

Null, eins, zwei, drei, vier, fünf, peng! Die erste Explosion, und im Abstand von jeweils drei Sekunden einzelne Explosionen rund ums Haus.

Plötzlich durchfuhr es ihn, daß er einen Fehler begangen hatte — in dem Moment nämlich, als er die aufgeschreckten Schäferhunde auf sich zurennen sah.

Seine blaue Leinentasche, er hatte sie beim Haus vergessen, und darin befand sich das frische Steakfleisch, das er für die Hunde besorgt hatte.

## 48

Cass Long war allein, als sie die Nachrichten im Fernsehen sah.

Im ersten Moment empfand sie einen befriedigten Schock, aber dann, als die Fernsehkameras von einem Hubschrauber aus über das Wrack schwenkten, das einst das Anwesen der Bassalinos gewesen war, packte sie Grauen über das, was geschehen war.

Es bot sich ein Bild der Verwüstung und des Schrekkens. Es brannte immer noch, überall schwirrten Polizisten und Feuerwehrleute umher. Am Swimming-pool lagen, mit Leintüchern bedeckt, die Opfer nebeneinander aufgereiht.

»Es konnte immer noch nicht endgültig ermittelt werden«, las der Nachrichtensprecher ab, »wie viele Opfer unter den Trümmern des Hauses begraben liegen, jedoch wird sich mit ziemlicher Sicherheit die Zahl der Toten noch erhöhen.« Er unterbrach sich, um neueste Berichte entgegenzunehmen, die ihm im Flüsterton mitgeteilt wurden. »Soeben erfahren wir, daß offensichtlich eine Reihe von Sprengsätzen um das Haus herum installiert waren, die in kurzen Zeitabständen nacheinander explodierten. Wir werden später Genaueres darüber berichten. Enzio Bassalino war neben Al Capone und Legs Diamond eine bekannte Figur im Chicago der zwanziger Jahre. Während der letzten Jahre hatte er zurückgezogen in seinem Haus in Miami gelebt . . .«

Cass stellte den Fernseher ab und blickte eine Fotografie Margarets an, die eingerahmt an der Wand hing.

Es war an der Zeit, Margarets Arbeit wiederaufzunehmen, es war an der Zeit, in die Welt hinauszugehen und das fortzusetzen, was Margaret begonnen hatte.

Cass wußte, an wen sie sich wenden konnte.

## 49

Lara würde sich zeit ihres Lebens an die Angst, den Schmerz und die Panik jenes Nachmittags mit Nick erinnern.

Sie waren weniger als ein paar Autominuten vom Haus entfernt, als die Explosionen begannen.

»Was ist das?« fragte Lara. Es klang wie langanhaltendes Donnergrollen.

»Himmel!« murmelte Nick. »Vorwärts mit dieser lahmen Kiste!« schrie er den Fahrer an.

Dann sahen sie den Rauch, und als sie noch näher kamen, die Flammen. Bei der Auffahrt befahl Nick dem Fahrer: »Machen Sie kehrt, und zurück mit ihr zum Flughafen! Setzen Sie sie in eine Maschine!«

Dann sprang er aus dem Wagen und lief auf das Haus zu. Ein Bild des Grauens bot sich ihm.

»Nick!« schrie Lara ihm nach, »komm zurück, bitte, komm zurück . . . ich muß dir was sagen, ich muß dir was sagen . . .«

Der Fahrer hatte den Wagen bereits gewendet und raste in der anderen Richtung davon.

»Nick«, schluchzte Lara, »Nick . . .«

Der Fahrer brachte sie zum Flughafen und setzte sie in eine Maschine nach New York.

Sie war wie erstarrt.

In New York begab sie sich unverzüglich in Cass' Wohnung. Rio war bereits da, und wenig später traf auch Dukey ein.

Eine Zigarre rauchend blickte er strahlend in die Runde. Sein Gesichtsausdruck hatte sich verändert. »Wir haben's auf meine Art und Weise erledigt«, stellte er fest.

Rio spuckte ihm vor die Füße. »*Deine* Art und Weise — du machst mich krank.«

»Ergebnisse«, sagte Dukey, »nur Ergebnisse zählen.«

»Bastard!« fauchte ihn Lara an.

»Warum sagst du nicht gleich schwarzer Bastard, du hochnäsige kleine Nutte.«

»All die anderen Leute, all die *unschuldigen* anderen Leute«, sagte Cass.

»Vergiß sie«, sagte Dukey, »Margaret war zehnmal mehr wert als jeder einzelne davon.«

Rio schüttelte den Kopf. »Du verstehst nichts, Margaret hätte das alles nicht gewollt. Daß ihre Arbeit fortgesetzt wird, das hätte Margaret gewollt.«

»Und ich wollte sie rächen, und das hab' ich gründlich erledigt. Die ganze Schweinebande der Bassalinos tot — jeder dieser Scheißkerle!«

Lara kehrte in ihre Wohnung zurück. Langsam und systematisch packte sie all ihre Habseligkeiten zusammen. Sie konnte nicht mehr weinen, sie hatte keine Tränen mehr.

Sie hatte keine Ahnung, wo sie hingehen, was sie tun sollte.

Als das Telefon läutete, war sie versucht, nicht abzunehmen, wahrscheinlich war es Prinz Alfa.

Lustlos meldete sie sich. »Hallo?«

»Prinzessin, bist du's? Gott sei Dank, du bist gesund und munter.«

»Nick, du bist unverletzt, dir ist nichts passiert!«

»Ich kann jetzt nicht reden. Wie das hier aussieht — du kannst dir gar nicht vorstellen wie fürchterlich . . . Ich bin mit den Detektiven an der Arbeit. Mein Gott, Lara, meine Mutter, mein Vater, meine ganze Familie . . . sogar Angelo hat's bei einem Autounfall erwischt . . .« Seine Stimme versagte.

»Ich rufe dich morgen wieder an, warte auf mich, Liebling.«

»Ich fliege wieder rüber, ich komme zu dir!«

»Nein, bleib wo du bist, Prinzessin. Sobald ich kann, komme ich zu dir.«

Sie würde es nicht über sich bringen, ihm alles zu erzählen — unmöglich. Wenigstens war er nicht verletzt, sie würden sich wiedersehen. Vielleicht würde sie ihm eines Tages — in fünf Jahren oder zehn — die ganze Geschichte erzählen können. Vielleicht . . .

## 50

Bosco Sam und Dukey K. Williams hatten sich am Zoo verabredet.

»Ich geh mit dir nicht noch mal an diesen verdammten Affen vorbei«, schimpfte Dukey, »immer wenn ich meinen Nerzmantel anziehe, riecht er noch nach Affenpisse!«

Bosco Sam schüttelte sich vor Lachen.

»Was willst du von mir?« fragte Dukey. »Rück raus mit der Sprache, Bruder, ich sollte schon vor zwei Stunden bei 'ner Probe sein, 'ne kleine blonde Nummer hat mich aufgehalten.«

»Dukey, mein Junge, wir hatten 'nen Handel abgeschlossen.«

»Richtig, streitet niemand ab.«

Bosco Sam zog einen Riegel Schokolade aus der Manteltasche und wickelte langsam die Schokolade aus. »Unser Handel war, ich vergesse die zweihunderttausend, und du läßt die Bassalinos umlegen. Richtig?«

»Richtig.«

»Okay, Frank Bassalino, den geb' ich dir. Aber die anderen?«

»Hör zu, Enzio war doch der wichtige, stimmt's? Leroy hat 'ne großartige Arbeit geliefert.«

»Eine Horde wildgewordener Hunde hat sich in Leroys

Arsch festgebissen. Was von ihm übriggeblieben ist, würde seine eigene Mutter nicht mal mehr erkennen. Hab' die Polizeifotos gesehen, hab' *sehr* gute Verbindungen zur Polente.«

»Und was ändert das an der Sache?«

»Das ändert daran, daß Enzio bereits umgebracht war, bevor das Haus in die Luft ging. Mitten durchs Herz geschossen und mit dem Messer aufgeschlitzt, einfach so zum Spaß. Kapiert?«

Dukey befeuchtete seine Lippen. »Nicht ganz.«

»Angelo Bassalino hat's in einem Autowrack erwischt, Nick ist wieder gesund und munter in Los Angeles aufgetaucht. Also, du bleibst bei mir immer noch mit hundertfünfzigtausend Piepen in der Kreide.«

»Jetzt mach aber 'nen Punkt, Mann. Du meinst doch nicht . . .«

Bosco Sam schnitt ihm das Wort ab. »Mit Zinsen macht das glatte zweihunderttausend. In zwei Tagen, Dukey, ich geb' dir zwei Tage Zeit.«

»Mann, das ist nicht fair«, bettelte Dukey, »überleg mal . . .«

»Was heißt hier, nicht fair, ich bin sehr fair mit dir gewesen. Muß dir auch nicht sagen, was sonst passiert. Zwei Tage sind großzügig.«

»Scheißer!« rief Dukey. »Schon auf der Schule warst du neidisch auf mich. Du Fettwanst von einem Scheißer! Du kriegst dein Geld!«

Bosco Sam nickte. »Ganz bestimmt, Dukey-Boy, ganz bestimmt. In bar bis spätestens heute abend um sechs.« Er schob sich den Schokoladenriegel auf einmal in den Mund und trollte sich.

Dukey brach der Schweiß aus.

Bis sechs Uhr abends konnte er niemals zweihunderttausend Dollar auftreiben, nie und nimmer.

## 51

»Der Kerl, der mit 'nem offenen Hosenschlitz zu dir kommt, der will dich ficken, aber will er auch neben dir arbeiten? Will er, daß du für die gleiche Arbeit wie er gleich viel Geld bekommst? Und was meint ihr, der räudige Hund, der euch auf der Straße gierig mit seinen Blicken auszieht, aber sich gleichzeitig über euch mit seinen Freunden das Maul zerreißt — er soll euch ebenbürtig sein?«

Die Mädchen und Frauen, die größtenteils mit ihren männlichen Freunden und Begleitern zum Pop-Festival gekommen waren, brachten ihre Zustimmung zu dem, was Rio Java sagte, durch begeistertes Geschrei zum Ausdruck.

»He, ihr Frauen — wollt ihr für alle Zeiten von einem Haufen männlicher Schweine unterdrückt werden? Einem Haufen alter Schweine mit rassistischen, chauvinistischen, voreingenommenen, altmodischen Ansichten über alles, was heute die Frauen in Amerika angeht?

Für sie sind wir nur Gebrauchsgegenstände: schön aussehen, Kinder bekommen — aber meine Liebe, bleib zu Hause oder halt dich wenigstens im Hintergrund.«

Sie sprach zwischen den Auftritten einzelner Popgruppen. Mit ihrer krausen, purpurroten Perücke und ihrem extravaganten Make-up sah sie selbst wie ein Popstar aus.

Innerhalb eines Jahres war sie ebenso erfüllt von ihrer Sache und strahlte ebensoviel Intensität aus wie Margaret Lawrence Brown. Und die Zahl ihrer Anhängerschaft war ebenso groß, wenn nicht noch größer. Sie zog einen noch größeren Kreis in ihren Bann, da sie auch bei den Freaks ankam.

»Eines Tages werde ich zum Präsidenten von Amerika gehen«, erzählte sie jedem, der es hören wollte, »und ich werde ihm klarlegen, was für eine stinkende, korrupte Angelegenheit Politik ist.«

»Und mit Larry Bolding, diesem Hurensohn, werde ich den Anfang machen«, hatte sie zu Freunden gesagt. »Bei dem läuft nichts mehr, wenn ich mal über den auspacke.«

Larry Bolding — einwandfreies Image, hübsche, blonde, elegante Frau und zwei reizende kleine Kinder — bewarb sich um das Präsidentenamt.

Rio schleuderte ihre Arme mit geballten Fäusten in die Luft. »Laßt euch das nicht länger gefallen, Schwestern!« schrie sie. »Laßt euch das nicht länger gefallen! Wir werden's schon schaffen!«

Die Menge pfiff und stimmte schreiend zu.

Rio fühlte den Schlag der Kugel, aber immer noch stand sie, immer noch lächelte sie, und die Menge, die um sie war, pfiff und stampfte und schrie immer noch.

»Laßt euch das nicht gefallen!« brachte sie noch einmal zustande, aber dann lief ihr das Blut den Hals hinab, und mit einem riesigen Blutschwall, der aus ihrem Mund quoll, ging ihr Leben zu Ende.

Dem Haus in Connecticut konnte man sich nur nähern, wenn man elektronisch kontrollierte Pforten passierte und sich der gründlichen Leibesvisitation zweier Wachtposten unterwarf, an deren Gürteln lässig die Revolver baumelten.

Dickson Grade war es ein leichtes, die Posten zu passieren. Er war ein Mann von gepflegtem Äußeren, trug einen dunklen Straßenanzug. Seine kleinen, braunen Augen blickten durch rahmenlose Brillengläser.

Eine schmale Aktentasche dicht am Körper tragend, näherte er sich dem Haus.

Ein Dienstmädchen in Schwarz öffnete auf sein Läuten hin die Tür.

»Guten Tag, Mr. Grade, Mr. Bolding ist draußen am Swimming-pool.«

Dickson Grade nickte leicht mit dem Kopf, durchquerte das Haus und trat auf den Innenhof hinaus, in dem ein Swimming-pool olympischen Ausmaßes lag.

Susan Bolding begrüßte ihn. Sie war eine sehr attraktive Frau mit glattem blondem Haar, das fest in einem Knoten nach hinten gesteckt war. Unter ihrem losen Seidenhemd und ihren weißen Hosen konnte man eine hübsche Figur ahnen.

»Hallo, Dick«, sagte sie lächelnd und gab ihm einen leichten Kuß auf die Backe. »Was kann ich anbieten? Einen Drink? Tee? Kaffee?«

Dickson nickte höflich. Er fand Larry Boldings Frau ausgesprochen reizvoll, aber wenn man Larry Boldings persönlicher Assistent war, blieb einem nichts anderes übrig, als auf solchen Gedanken sitzen zu bleiben und nichts weiter zu unternehmen.

»Bitte Kaffee, Susan. Wo ist Larry?«

»Er sucht den Garten nach Unkraut ab, glaube ich. Sonntag ist wirklich der einzige Tag, an dem ihm für so was Zeit bleibt.«

»Ich werde ihn suchen.«

Dickson spazierte einen Seitenweg entlang, bis er Larry Bolding auf der Wiese beim Spiel mit seinen Kindern fand.

Sie begrüßten sich, und dann schickte Larry die Kinder weg, sie sollten zu ihrer Mami gehen. Er war ein großer, rechtschaffen aussehender Mann Anfang vierzig. Markante Gesichtszüge, tiefe, maskuline Stimme, ein fester, zupackender Händedruck.

»Alles unter Kontrolle«, sagte Dickson, »klappte alles ausgezeichnet.«

»Ist sie — tot?«

Dickson nickte. »Und nichts, was auf uns schließen

ließe. Sie sind aus dem Schneider. Außerdem werden sich die richtigen Leute um ihre persönliche Hinterlassenschaft kümmern.«

Larry Bolding seufzte und klopfte Dickson auf die Schulter. »Es mußte sein, nicht wahr?«

Dickson Grade nickte zustimmend. »Ja, es mußte sein.«